그날에 남겨진 그녀

그날에 남겨진 그녀

초판 1쇄 발행 2025년 10월 1일

지은이 이시찬
펴낸이 안재휘
펴낸곳 상상마당 출판사
출판등록 제2018-000068호

교정 이주연
디자인 김희영
편집 김희영
검수 정은솔, 정윤솔
마케팅 김윤길

전화 010-9260-1880

ISBN 979-11-965489-8-8(03810)
값 15,000원

- 이 책의 판권은 지은이에게 있습니다.
- 이 책 내용의 전부 또는 일부를 재사용하려면 반드시 지은이의 서면 동의를 받아야 합니다.
- 잘못된 책은 구입하신 곳에서 바꾸어 드립니다.

이시찬 경장편소설

그날에
남겨진 그녀

생사를 모르지만
그녀의 가슴에는 여전히 그대가 있다

상상마당

작가의 말

 이 소설은 12.3 내란으로 인해 과거가 되살아난 한 여인의 뒤엉킨 삶의 이야기입니다. 1980년 5월 광주 항쟁을 중심으로 그 시대를 살아낸 혹은 떠나보낸 이들의 내면을 따라가고 시간이 멈춰버린 현재에 이르는 여정입니다.

 연인 준호가 행방불명된 지 44년. 혹은 45년 살아 있을 것만 같은 느낌을 간직하고 있는 선희와 그 딸 아름. 그리고 요셉 신부와 동진 스님의 삶과 기억은 단지 개인의 것이 아니라, 역사 속에서 침묵하거나 잊힌 진실에 대한 증언이기도 합니다.

 이 작품은 주인공인 선희가 과거와 현재를 넘나들며, 억눌린 기억과 감정이 어떻게 발현하고 있는지를 탐색합니다. 때로는 종교의 언어로, 때로는 환상과 치매의 파편 같은 장면으로 이어집니다. 12.3 내란에 대해 누구는 기도했고, 누구는 침묵했으며, 누군가는 과거를 기억하며 공포에 떨어야 했습니다. 12.3 내란이 결국 5.18 학살의 악몽을 부른 것이고 선희는 그날에 남겨져 깨어나지 못합니다. 따라서 현실이 아픈 과거의 상처를 끄집어내 재가격하는 일이 다시는 없었으면 하는 마음에서 이 글을 써 내려갑니다.

 과거를 기억하지 않으면 미래를 설계할 수 없습니다. 저는 독자 여러분과 함께 과거를 기억하되 다시는 현실이 아픈 과거를 들쑤시는 일이 없게 하는 길을 찾고 싶었습니다. 다만, 저는 정치도 권력에 대한 감시도 또렷한 경험이 없어 고민하다가 졸저를 기억의 책장에 꽂아두려고 합니다. 이 글이 누군가에게는 기억의 실마리에서 진실에 다가가고 현재까지도 악몽에 시달리는 누군가에게는 작은 위로가 되기를 바랍니다.

2025년 가을
이시찬

목 차

작가의 말　　　　　　　　4

제1부

1. 보내지 못한 가슴　　　　8
2. 준호의 행방불명　　　　14
3. 아직 돌아오지 못한 자　17
4. 하산　　　　　　　　　26
5. 세상은 그대로였다　　　31
6. 생존의 길을 찾아　　　36
7. 시련은 예고하지 않는다　47
8. 보이스 피싱　　　　　　51
9. 되살아나는 추억　　　　64
10. 여의도의 밤　　　　　68
11. 꿈인가 생시인가?　　　76
12. 찬탄과 반탄　　　　　86
13. 허무한 춘몽　　　　　94

제2부

1. 연결고리의 등장　　　　98
2. 요셉 신부　　　　　　104
3. 현실을 부정하는 환영(幻影)　110
4. 실마리　　　　　　　116
5. 더 깊은 곳으로　　　　133
6. 재회의 꿈　　　　　　145
7. 동진 스님을 찾아서　　153
8. 뒤섞인 현실과 환상　　158
9. 동진사(同珍寺)　　　　167
10. 환영의 끝은 어디인가　184

에필로그　　　　　　　191

제1부

1   보내지 못한 가슴

선희는 큰딸 아름이의 전화를 받았다.

추석 연휴에 책을 하나 들고 와 읽어보라고 한 지 이틀만이다. 평소에도 자주 전화하고 한 달이면 두세 번은 들르는 아름이다. 엊그제 와서 종일 수다 떨다가 갔으면서 뭐가 궁금해서 전화지?

"엄마."
"왜?"
"소설 다 읽었어?"
"읽었지."
"근데 뭐 이상한 거 없어?"
"뭐가 이상해?"

사실 선희는 딸이 언젠가는 질문할 것으로 짐작은 했지만 40여 년이 넘은 지금에 와서 이렇게 자주 물을 줄은 예상하지 못했다. 소설의 전반부 배경은 친정과 주변의 건물과 지리, 직장, 심지어 친정집 구조까지 너무도 상세하게 그려져 있다.

 초등학교 때까지 친정에서 자란 아름이는 주변의 지리를 훤히 알고 있기 때문에 뭔가 궁금하기는 했을 것이다. 그러나 중학생 때 잠깐 묻고는 어떤 속셈이 있었는지 더는 묻지 않았다. 그런데 수십 년의 침묵을 깨고 이렇게 집요할까? 선희 역시 자신이 소설 속 주인공처럼 아팠거나 굴곡진 삶을 산 것은 아니지만 꼭 자신의 이야기를 하는 것 같아 소름이 돋았었다.

"너무 리얼하잖아?"
"뭐가 리얼해? 소설을 현실로 착각하는 네가 더 이상하다."
"그게 아니고 외가의 집 구조며 엄마를 만나고 나를 임신시켰다는 얘기도 있잖아?"
"그게 어쨌다고? 동네 안 나오는 소설도 있니?"

"엄마, 내가 소설을 몰라서 물어?"
"궁금한 게 뭔데 이렇게 호들갑이니?"
"엄마 혹시 그 작가 알고 있는 거 아냐?"
"내가 어떻게 알아?"
"아냐, 엄마가 전에 이야기했던 그분 같아."
"야! 주방에서 타는 내 난다. 쓸데없는 소리 그만하고 끊어."

 선희는 책을 읽으며 이런저런 상상을 하긴 했지만, 아름이가 꼬치꼬치 캐묻자 일방적으로 전화를 끊었다. 전화를 끊고 나서 "엄마 혹시 그 작가 알고 있는 거 아냐?"라고 한 딸의 질문이 생각나 책을 다시 들었다. 본문만 봤을 뿐 작가 약력은 대충 넘겼기 때문에 누가 이런 소설을 썼는지 확인이나 하고 싶어서였다.
 그러나 사진은 선명하지 않았고 이름도 생소했다. 그런데도 이상하게 낯설지가 않다.

 '아무래도 그 사람이 맞아….'
 잠시 후 아름이로부터 전화가 다시 왔다.

"왜?"

"엄마, 나 지금 인터넷으로 확인했는데 작가 약력 봤어?"

"나도 보긴 했는데 전혀 모르는 사람이던데 뭐."

"혹시 개명한 거 아닐까?"

"개명했으면, 뭐 하고 안 했으면 뭐 하니?"

"아냐, 아무리 생각해도 엄마가 전에 얘기했던 그분 같아서."

"그럼, 네가 소설 속 그 딸이기라도 하니? 내가 아파서 죽었고?"

"엄마, 그게 아니고 자꾸 호기심이 생기네…. 이만 끊어."

사실 아름이는 여기저기 인터넷 항해를 했지만, 작가의 이름은 김동진, 특별한 약력은 없고 광주 출생이 다였다. 그럼에도 마음이 끌리는 것은 어쩔 수 없었다. '혹시 나의 생부?'

선희는 직감했으면서도 시치미를 뗐다. 첫 만남의 장

소, 매번 길을 걸으며 미래를 약속했던 기억, 가끔 자기 집에 들러 부모님께 인사하고 상에 둘러앉아 식사도 하고 자신이 직접 커피를 타 주었던 것까지 너무 생생하다. 다만, 행방불명된 김준호가 정말 죽었는지는 아직도 믿기지 않는다. 헤어진 지 벌써 40년이 넘은 세월이니 살아 있다면 60대 중후반일 것이다. 그나저나 아름이가 저렇게 집요하게 묻는 이유는 뭘까?

혹시 출생의 비밀을 알고 있기나 하는 것일까? 초등학교 때인지 중학교 때인지 기억이 가물가물한데 아마 중학생 때인 것 같다. 엄마의 첫사랑이 궁금하다며 계속 물어와서 아무 생각 없이 옛날이야기를 대충 해줬었는데 그걸 아직 기억하고 있나?

선희는 딸과의 통화를 마치고 출판사에 작가의 연락처를 문의했으나 책에 있는 이메일 주소 외에는 알려줄 게 없다고 했다. 그렇다면 얼마 전 노인 복지회관에서 배운 컴퓨터를 이용해 이메일로 차분히 편지를 쓰는 것도 괜찮겠다는 생각이 들었다. 하지만 이메일 역시 무슨 말부터 해야 할지 막막하다. 결국 '안녕하세요?'까지만 써놓고 한참을 생각에 빠져 있던 그녀는 컴퓨터 종료 버튼을 누르며 중얼거렸다. '내가 노망이 들어도 단단히 들었지. 40여 년 전에 죽은 사람을 이승에서 왜 찾을까?'

선희는 정신을 가다듬으려 베란다 창문을 열었다.
어젯밤부터 내린 첫눈은 벌겋게 물든 단풍들을 이내 하얀색으로 바꾸어 놓았다.
첫눈과 이후 내리는 눈이 뭐가 다를까마는 첫눈은 남녀노소의 가슴을 왠지 모르게 설레게 한다. 동네 강아지들도 신나게 뛰고 때로는 뒹굴게 하는 것을 보면 첫눈에는 사람은 모르는 무슨 마법이 있는가 보다.
고운 단풍에 감탄사를 아끼지 않는 사람들에게 심술이 난 것인지 아니면 사람들의 사랑을 독차지하고 있는 단풍에 질투를 느끼는 것인지는 알 수 없다. 선희는 창밖으로 손을 내밀어 폭설로 변한 첫눈을 움켜쥐며 추억에 젖었다. 고등학교 때 동네 오빠이자 학교 선배인 준호와 눈싸움하던 시절이 아른거린다. 저 책의 저자가 정말 준호 오빠일까?

2   준호의 행방불명

이선희가 김준호와 이별하게 된 것은 시절이 만들어 낸 필연이었다.

"오빠! 나는 너무도 겁나는데 오늘은 그만 들어오면 안 돼?"
"선희야, 별일 없을 거야. 잠시 소강상태라 전화를 거는 건데 바로 일어서야 해. 그리고 선후배들 모두 피 터지게 싸우는데 나만 빠지는 게 말이 되니?"
"그래도 괜히 걱정돼 오빠."
"걱정 마. 시간 되면 다시 연락할게. 선희야, 사랑해!"
"알았어, 오빠. 몸조심해. 나도 사랑해."

이것이 선희와 준호의 마지막 대화였다.

나중에 들은 소식은 신군부에 쫓기다 발을 헛디디며 바다에 빠져 생을 마감했다는데 해양경찰이 샅샅이 뒤졌다지만 짙푸른 바다 어디에 있는지 확인할 방법이 없었다.

선희와 김준호는 고향의 선후배로 선희가 한 살 후배다. 둘은 고등학교 때부터 사귀던 사이로 동네에서는 친남매 같다고 소문이 날 정도였다. 선희는 준호를 친오빠처럼 따랐다. 둘은 광주에 있는 같은 대학에 1년 차이로 입학했는데 선희는 입학 후 바로 아름이를 가졌고 1학기도 마치지 못하고 휴학계를 냈다.

준호는 2학년으로, 사회학과 부회장에 선출된 후 수업보다 거리로 뛰쳐나가는 횟수가 잦았고 며칠째 편지에 대해 답장이 없었다. 선희는 준호 부모님께 문의했으나 자기들도 걱정이 되어 잠을 못 이룬다고 했다.

그러던 어느 날 체포조가 떴다는 소식을 들었다. 준호는 현재 학생회 지도부가 모두 체포된 상태에서 자신까지 체포됐다는 소식을 들으면 후배들이 의기소침해지고 결국 전열이 흐트러질 거라는 생각이 들어 몸을 피했고 이후 소식이 끊겼다.

선희네에도 계엄군은 그냥 지나지 않았다. 대문을 걸어찼고 선희 아버지가 문을 열자 총구를 들이대며 빨갱이가 있는지 집을 뒤지겠다고 했다. 가로막던 선희 아버지는 그들에 떠밀려 뒤로 넘어져 신음했다. 이때 선희 엄마가 뛰쳐나와 "우리 집에는 학생도 없고 우리 부부뿐"이라면서 만 원짜리 한 장씩을 건네며 배고플 텐데 가서 요기나 하라고 달래 보냈다. 선희는 식은땀이 흘렀고 이후 아름이가 태어난 후에도 밖에 나가는 것을 꺼렸다.

선희 부모는 주검도 없는 준호의 소식을 알게 되었고 3년이란 세월이 흘렀다. 선희는 부모의 눈치를 견디지 못하고 아름이를 친정에 맡기고 부모가 정해준 남자와 결혼했다. 다행히 남자는 인성이 좋았고 아름이를 자신의 호적에 올려주었다.

3 아직 돌아오지 못한 자

따르릉-
"강진경찰서입니다."
"여기는 전라남북도 계엄분소다. 김준호를 체포해라. 그놈은 J대학 2학년으로 나이는 21세 사회학과 부회장이다. 그놈을 잡아야 폭동이 그친다. 강진행 버스를 탔다는 정보가 있다. 꼭 생포해 보고할 것!"
"아, 예. 알겠습니다."

강진경찰서는 긴급회의를 소집하고 체포조를 꾸려 강진 버스터미널 등 곳곳에 대기시켰다. 강진 버스터미널은 강진이 종점인 경우도 있지만 장흥이나 해남, 그리고 강진군의 끝자락인 마량의 경유지이기도 하다. 따라서 모든 버스는 강진 버스터미널에 들러 정차 후 오간다.

몇 시에 도착하는 차인지까지는 모르는 경찰은 광주에서 출발해 도착한 모든 버스에 올라 손님들을 검문했다. 특히 20대 남자들의 신분증을 요구했다. 준호는 식은땀이 났다. 그러나 다행히 공장 노동자로 위조한 신분증을 내밀자 경찰은 준호를 차 밖으로 나가게 했다. 하지만 차 밖에서 대기하고 있던 두 명의 젊은 경찰이 고개를 갸웃거리더니 준호를 불렀다.

"야! 너 김준호지?"

준호는 그들을 밀치고 무조건 뛰었다. 지리를 모르지만 어떻게든 저들을 따돌려야겠다는 생각에 힘을 다해 달렸다. 두 명의 경찰도 준호를 놓치지 않겠다는 듯이 따라붙었다. 그러나 도시에서 학교만 다니던 준호와 훈련된 경찰과의 거리는 점점 가까워졌다.

얼마나 뛰었을까? 이성을 잃은 젊은 경찰은 준호의 전신을 구둣발로 번갈아 가며 걷어찼다. 준호의 눈에는 어렴풋이 펼쳐지는 바다가 보였다. 그들은 정신을 잃은 준호를 계곡 아래로 팽개쳤다. 땀을 닦던 둘은 준호의 처리를 두고 고민했다.

"김 경장님, 날도 어두운데 그냥 바다에 빠져 실종됐다고 보고하죠?"
"그러게, 서장이 보여준 약력을 보니 딱 우리 둘째 동생 나이던데, 걔도 대학생이거든. 어쩌면 우리 동생도 누군가로부터 쫓기고 있을지도 모른다는 생각이 들어."
"그럴 수도 있겠습니다."
"따라서 항명이 되겠지만 우리가 애를 꼭 끌고 가야 하는가 하는 고민이 드네."
"동감입니다. 저도 너무 흥분해서 개 패듯 했는데 이제는 후회가 듭니다."
"덥기도 하고 배도 고픈데 이만 철수하자고."
"그나저나 저렇게 두면 죽지 않을까요?"
"큰길이라 낼 아침이면 누군가가 발견하겠지. 죽지는 않을 거야."

정신을 차린 준호는 온몸이 부스러진 듯 통증이 느껴

졌다. 열린 문으로 밖을 내다보니 푸른빛이 산을 휘감고 있다.

'여기가 어디일까? 내가 왜 여기에 있어야 하는가? 천천히 지난 시간을 되돌아봤다. 몸은 왜 이렇게 됐는지도 가물가물하지만, 어렴풋이 기억이 떠오른다. 뒷날을 기약하자며 선배와 동기들에게 떠밀려 피신해야만 했던 기억이 되살아온다. 이렇게 있을 때가 아니다. 빨리 그들 곁으로 가야겠다는 생각으로 일어서려 했으나 몸을 움직일 수가 없었다. 누가 내 몸을 이 지경으로 만들었을까?

피투성이가 되어 효성 스님에게 업혀 온 준호를 본 주지 해인 스님은 난감했다. 이틀 전 계엄령이 내렸다던데 보나 마나 계엄군에 쫓기다 쓰러진 학생이 분명하다고 판단했기 때문이다. 얼굴은 피로 범벅되어 있고 신음 소리만 간간이 들렸다. 스님은 병원에 데리고 가는 것이 맞겠으나 이는 학생을 신군부에 바치는 격이라는 생각하고 어떻게든 사찰 내로 데려가기로 했던 것이다. 주지 스님은 안절부절못하고 있는 상좌에게 물을 데워 오라 하고 침을 놓고 뜸을 뜨며 물리치료와 정신 치료를 병행했다. 한 달쯤 지났을까? 주지 스님의 정성인지 준호가 젊어서인지 준호는 팔다리의 부목을 걷어내기 시작했고 두 달이 조금 지나 허리를 감싸고 있던 복대도 풀었다. 다만, 왼쪽 무릎뼈와 왼팔이 자연스럽지 못하다. 아무래도 인대가 늘어났거나 끊어진 것 같다.

  주지 스님은 통증을 견디고 있는 준호를 안타깝게 쳐다보며 몸이 완치될 때까지 절에 머무르고 때가 되면 내려가라고 했다. 그때가 언제일지는 모르나 준호는 며칠이면 완치되리라 생각하고 주지 스님의 지시를 따르겠다고 했다. 그렇게 6개월이 지났으나 주지 스님은 아직은 내려갈 때가 아니라며 붙잡았다. 결국 삭발을 하게 하고 동진(同珍)이라는 법명까지 지어주었다. 다행이라 해야 할지 왼쪽 무릎을 구부릴 수 없고 왼쪽 팔 역시 부자연스러워 몸 상태가 좋지 않아 예비 승려들이 하는 잡일은 면제받았다. 대신 불법을 열심히 공부하고 주지 스님과 선문답도 자주 했다. 며칠 뒤 중년의 경찰 두 명이 사찰을 찾아왔다.

"스님, 안녕하십니까? 우리는 강진경찰서 강력계 형사들입니다. 이곳에 김준호라는 학생 있죠?"

"김준호가 어디 있는지는 김준호에게 물어야지, 왜 내게 묻소?"

"그놈이 빨갱인데 아마 이곳에 숨어 있는 것 같아 수색 좀 하려고 합니다."

딱!

스님의 지팡이에 종아리를 맞은 경찰이 항의했다.

"아야, 스님 왜 때리십니까?"

"몰라서 물어? 부처님을 체포하겠다는 것이오? 법당은 당신 같은 사람들에게 허용되는 곳이 아니오."

"누가 부처님을 체포한다고 했습니까? 빨갱이를 찾는 겁니다."

"내 눈에는 빨갱이든 푸름이든 부처님 아닌 이가 없소."

"스님, 농담하십니까? 그놈은 반역을 준비하던 놈입니다. 스님이 자꾸 이러시면 공무집행방해죄로 고소될 수도 있으니 협조해 주시기 바랍니다."

"그렇다면 나를 체포하시오."

노승의 만류에도 경찰은 법당문을 열고 구두를 신은 채 여기저기를 훑고 다녔다. 그러나 노승이 경찰과 입씨름하는 사이 준호는 이미 젊은 스님들의 부축을 받아 뒷문으로 빠져나갔다.

"스님, 죄송합니다."
"관상을 보니 당신들 머잖아 옷을 벗어야 할 것 같소. 조심해 내려가시오."

경찰들이 내려가고 해가 어두워지자 준호는 산에서 내려왔다. 그리고 스님에게 물었다.

"스님, 저들은 왜 아직까지 저를 잡으려고 난리일까요?"
"네가 있어서이니라."
"그럼 제가 없어지면 되는 겁니까?"
"그렇지, 하지만 승천하지 않는 한 아직은 네가 없어질 곳은 없느니라."
"제가 예수님도 아닌데 무슨 승천을 말씀하십니까?"

"목숨을 헛되이 하지 말라는 것이니라."
"제가 하산하면 죽기라도 한다는 말씀입니까?"

하산을 위해 안달이 난 준호와는 달리 주지 스님은 3년이 지나도록 하산하라는 말이 없다. 준호는 이후로도 몇 번을 하산하고 싶었고 붙잡는 주지 스님에게 항의하기도 했지만, 스님의 위엄에 눌려 고집을 부릴 수가 없었다.

"최소 7년은 이곳에서 지내거라."
"7년이요? 저를 기다리는 부모님도 계시고 궁금해하는 학우들도 많을 텐데요."
"지금 내려가나 7년 후에 내려가나 있을 건 있고 없을 건 없느니라."
"무슨 말씀이신지요?"
"아까 낮에는 왜 숨었느냐?"
"그거야 잡힐까 봐 그런 것이지요."
"잡히는 것을 그렇게 두려워하면서도 하산하겠다고 보채는 심보는 무엇이냐?"

"……."

 사찰은 평온했으나 준호는 하루하루 좀이 쑤셨다. 세상이 궁금하기도 했고 스님도 아닌 내가 왜 계속 이런 곳에 파묻혀 살아야 하는지라는 생각에 짜증이 나기도 했다. 하지만 주지 해인 스님의 카리스마 때문에 하산하겠다는 말을 함부로 꺼내지 못하고 참고 또 참아야 했다.

4 하산

세월은 흘러 이곳에 머문 지 오늘로 딱 7년이다. 다만, 준호가 불법을 모두 외우다시피 공부했으나 승가시험을 보지 못해 아직도 정식 스님은 아니다.

"동진아!"
"예, 주지 스님."
"너 또 짐 싸려고 하는 거이냐?"
"예, 이제는 내려가서 바깥 구경 좀 하고 싶습니다."
"바깥 구경은 해서 뭐 하려고?"
"제가 입산한 지 오늘이 딱 7년입니다. 스님께서 말씀하셨던 7년을 채웠습니다. 이제 신군부도 끝나지 않았겠습니까?"
"현재 공동정범이 뒤를 이으려는 수작을 모르느냐?"

"그럼, 오늘도 하산하지 말라는 것인지요?"
"아니다. 너는 어차피 중 될 놈은 아니었으니 지금이나 나중이나 상관없다. 내려가거든 이 주소로 가거라. 내가 보냈다고 하면 알 것이다. 그리고 이 신분증을 가지고 다녀라."

주지 스님은 두툼한 현금 봉투와 함께 젊은 스님의 신분증을 내주었다. 묘하게도 얼굴이 자신과 비슷하고 이름은 김동진이다.

"주지 스님, 이 많은 돈은 무엇이고 이 신분증은 무엇입니까?"
"너 김준호로 세상에 내려갈 거냐? 나 잡아가라며? 오늘부터 네 이름은 '김동진'이다. 그리고 그 돈은 머잖아 쓸데가 있을 것이니라."

사찰에서 내려온 준호는 고향인 광주로 올라갔다. 8년 전 대학 입학식 이후 보지 못한 부모님이 뵙고 싶다. 그런데 줄을 서서 기다리던 시외버스 정류장이 싸

늘하다. 정류장 근처에서 놀던 아이들의 표정에도 밝은 모습이 보이지 않는다. 오직 가로수만 제멋에 겹다. 버스에서 내려 택시를 타고 가던 중 택시 기사가 학생은 아닌 것 같은데 젊은 사람은 오랜만에 본다며 말을 걸었다. 무슨 뜻인지 짐작은 갔지만 말을 보태지는 않았다. 10여 분쯤 달려 고향집에 도착한 준호는 가슴이 철렁했다. 집이 폐가 수준이었기 때문이다. 예감했듯이 안에는 아무도 없었다. 어디로 이사를 간 것일까? 준호는 주변에 알만한 사람을 찾아다니다가 먼저 알아보는 허리가 구부정한 여자 노인을 만났다.

"혹시 준호 학생 아니여?"
"네 맞습니다. 누구시죠?"
"나 느그 옆집에서 살았제. 그나저나 죽었다는 소문 들었는디 너 사람이 맞지야?"
"예, 멀리 좀 다녀왔어요. 혹시 저희 부모님은 이사 가셨나요?"
"이사?"

노인은 한숨을 크게 쉬더니 그간의 일들을 세세히 이야기해 주었다.

체포조가 떴다는 말을 듣고 준호가 몸을 피한 후 얼마 되지 않아 중무장한 군인들이 집에 들이닥쳤다. 그들은 총구를 목에 들이밀며 준호의 행방을 물었다. 그러나 준호의 부모님은 입을 다문 채 한마디도 하지 않았다. 사실은 준호 부모도 준호가 어디에 있는지 가슴을 조이고 있을 뿐이었다. 답을 듣지 못한 군인들은 준호 부모를 무차별 가격한 후 질질 끌어 차에 태워 사라졌고 7년이 되었는데 아직 소식이 없다고 했다.

준호는 머리털이 쪼뼛해지고 식은땀이 온몸을 적셨다. 할머니의 말을 더 들을 이유는 없었다. 바로 5.18 관련 단체들을 찾아 돌아다녔으나 어디에도 사망자나 행방불명자 명단에 부모 이름은 없었다. 행방불명자도 가족이 신고해야 비로소 명단에 오른다. 그러나 준호는 7년을 절에서 살았다. 쌍둥이 동생이 있긴 하나 그가 어디 있는지는 모른다. 혹시 준표도? 걷다가 주저앉기를 반복하며 며칠을 헤매고 다녔으나 얻은 것은 없었다. 오직 암매장이라는 단어가 머리에서 떠나지 않는다.

사흘을 술로 속을 달래던 준호는 별안간 떠오른 선희를 만나러 갔다. 자기 집과 다르게 집이 멀쩡하고 깨끗하다. 담장 넘어 감나무도 7년 전 그대로다. 초인종을 누르자 중년의 부인이 나와 준호의 위아래를 훑어보며 물었다.

"누구세요?"
"안녕하세요. 여기 이선희네 집 아니에요?"
"아, 이선희 씨가 누군지는 모르지만, 이 집에 살던 사람들 모두 미국으로 이민 갔대요."
"네? 혹시 주소나 전화번호 같은 건 없겠죠?"
"당연하지요. 그걸 알려주고 가는 사람이 어디 있어요?"

　중년의 여자는 대문을 닫았고 준호는 다리가 풀려 그 자리에 주저앉았다.

5 세상은 그대로였다

  서울로 상경한 준호는 주지 스님이 쪽지에 써서 건네준 주소를 찾아갔다.
  초인종을 누르자 쉰은 되어 보이는 부인이 반갑게 맞이해 주었다.

"동진 스님 맞으시죠?"
"아직은…."
"네 알아요. 해인 주지 스님께서 며칠 전 전화로 말씀하셨어요. 승가대학은 부득이한 사정으로 가지 않았으나 학문적으로는 조교수급이라고요."
"아이, 어림없습니다. 주지 스님께서 너무 띄우셨습니다."

집이 그야말로 대궐 같고 정원은 작은 공원처럼 보였다. 실내에 들어가자, 거실이 법당만큼 넓었다. 유치원 운동장만 하다. 인테리어도 고급스럽고 곳곳에 불상들이 놓여 있다. 방은 다섯 개고 욕실도 다섯 개다.

"앉으세요. 우선 차 한잔 드시면서 말씀 나누죠."
"아, 예."
"해인 스님께서 왜 제게 스님을 보내셨는지 아세요?"
"저야 전혀 모르는 일입니다."
"그러시겠죠. 사실은 제가 주지 스님께 약속했어요."
"…?"
"제게는 외아들이 있는데 병명이 뭔지도 모를 병에 걸렸어요. 지금으로부터 10년 전이니까 초등학교 3학년이었을 거예요. 모든 병원에서 마음의 준비를 하라고 하더군요. 하늘이 무너지는 줄 알았어요. 그러다 우리 집 앞을 지나가시던 주지 스님을 우연히 만났어요. 스님은 한참을 우리 집을 맴돌더군요. 저는 지푸라기라도 잡는 마음으로 매달렸죠. 우리 아들 좀 살려달라고. 애원했었죠. 스님은 사흘 뒤에 오겠다며 사라졌어요.

즉시 아들을 퇴원시켜 침대에 눕혀놓고 기다리는데 딱 사흘 뒤에 오셨어요."

준호는 가만히 듣고만 있었다. '그럼 주지 스님께서 이 집 아들을 살리셨다는 것인가?'

"스님은 몇 가지 약초만 가져와 솔직히 실망했었어요. 그런데 주지 스님은 사흘간 문을 열지 못하게 하셨어요. 사흘이 지나자 아들이 배가 고프다며 걸어 나왔어요. 까무러칠 뻔했어요. 이후 가져오신 약초를 한 달간 달여 먹였는데 아들이 원기를 회복하고 다시 학교에 다녔고 이제 건강한 몸으로 군대에 있어요. 이후 저는 물어물어 스님이 계신 곳을 찾아 인사를 드렸습니다. 그리고 스님께서 원하는 모든 것을 해드리겠고 사찰도 새로 지어드린다고 했었지요. 그리고 아들의 병명을 물었어요. 하지만 병명이나 치료 방법에 대해서는 묵묵부답이셨어요. 그러다 일어서면서 한마디 하셨답니다."

"내게는 사찰도 시주도 필요 없소. 내가 바라는 바는 7년 후에 젊은이 하나가 찾아갈 텐데 딱 3년만 의식주를 제공하고 돌봐주시오."

"저는 그때 하늘에 걸고 맹세했어요. 3년이고 30년이고 한 분이 아니라 열 분이라도 모시겠다고요."

부인은 준호에게 맞장구를 기대하는 눈치다.

"저도 우리 스님께서 그렇게 명의신 줄 몰랐습니다. 더구나 스님의 그 비책을 아는 사람은 출가자 중에도 아무도 없습니다."
"그래서 말인데요. 예전에 사찰 지어드린다고 말씀드렸으나 거절하셨는데 다시 지어드리겠다고 하면 어떠실지 궁금합니다."
"절대 안 받으실 겁니다."
"왜요?"
"저도 스님의 속내는 모르겠으나 1년에 두세 분만 치료하시는데 사례를 하겠다고 하면 화를 내면서 다시는 오지 말라고 하십니다. 다만, 사람 하나 고치시면 스님께서는 일주일간 몸살을 앓습니다."

"그래요? 그럼, 우리 아들 고치시고도…."

부인은 흐르는 눈물을 감출 생각이 없어 보인다.

"지금 출출하신가요? 잠시 후 저희 가사도우미 오는데 준비하라고 하겠습니다."

"감사합니다."

"그리고 스님의 간곡한 부탁이시니 3년간 우리는 가족입니다. 10년도 좋아요. …방은 저쪽 방 쓰시면 되고요. 별채도 따로 있으니 편한 대로 이용하시면 된답니다."

"감사합니다."

"아! 깜박할 뻔했네요. 주지 스님께서는 스님께서 대학을 계속 다니셨으면 하는 바람이십니다. 불법은 이미 통달했으니 스님께서 원하는 곳이면 된다고 하십니다. 등록금을 비롯해 모든 비용은 걱정하지 않으셔도 됩니다."

"생각해 보겠습니다."

6   생존의 길을 찾아

 준호는 그 집에서 친자식 대접을 받으며 조금 늦은 나이에 D대학에서 사회학을 전공으로 철학을 부전공으로 학업에 열중했다, 하지만 전두환의 호헌 발표에 국민은 분노했으며 시위는 계속되었다. 결국 6·10항쟁으로 이어졌고 노태우의 6·29선언으로 잠시 소강상태를 보였다.

 그러나 신군부 타도라는 목표를 향해 노동자와 학생들의 투쟁은 그치지 않았다. 6·10항쟁 이후로도 공권력은 노동자와 학생 그리고 근처에 있던 시민들을 무차별 연행하여 조사했다. 아니면 말고 식으로 한 놈만 걸려보라는 행태였다.

 학생들과 경찰들의 대치는 날마다 이어졌고 최루탄과 보도블록을 넘어서고 있었다. 정권이 전두환에서 노태우로 넘어가서도 경찰은 학생과 노동자들에 대한 탄압을 그치지 않았다. 경찰들은 쇠파이프까지 동원해 학생들을 무차별 타격하며 진압에 나섰다. 따라서 수많은 학생들의 얼굴이 피범벅이 되어 있었고 특히 민주주의를 외치며 대학 옥상에서 투신한 열사와 대낮에 경찰의 쇠몽둥이에 찍혀 숨진 학생도 있었다.

분노한 준호는 다른 학과와 연대해 전투경찰의 만행을 저지하기로 했다. 그러나 쇠몽둥이를 뺏기 위해 실랑이를 하던 중 전투경찰 한 명이 뒤로 넘어져 신음했고 준호는 현행범으로 즉각 체포되었다. 이들은 격투기 선수들 같았다. 얼굴이며 옆구리와 허벅지 등 닥치는 대로 걷어찼다. 차에 태운 이들이 사복인 것을 보면 아마도 백골단이다. 백골단은 사복 차림으로 주변을 맴돌다가 지도부로 보이는 몇을 끝까지 쫓아 무차별 폭력을 가하고 영장도 없이 체포해 끌고 간다. 준호의 죄명은 집시법 위반에 공무집행방해, 배후 조종이라는 혐의가 덧씌워졌다. 준호는 집시법은 그러려니 했지만, 공무집행방해, 배후 조종이라는 혐의에 대해서는 이해가 되지 않았다. 전투경찰의 무차별 폭력을 막은 것, 즉 싸움을 말린 것이 공무집행방해? 다른 학과생들과 같이 나섰다고 배후 조종이란 말인가? 국선변호사가 조목조목 전후 과정을 변명했으나 준호는 결국 1심에서 징역 3년에 자격정지 5년을 선고받았다. 이에 불복해 항소했으나 달라지지 않았다. 최종적으로 대법원마저 항소를 기각했다.

교도소 수형 만기를 채우고 출소한 준호에게 갈 곳이 없었다. 우선 살던 곳으로 갔으나 부인의 눈빛이 예전과 달랐다. 나중에 안 일이지만 그 부인의 남편은 고위 공직자로 준호가 집회를 나갈 때부터 탐탁지 않게 여겼다고 한다.

준호는 주지 스님이 챙겨 준 돈으로 단칸 전세를 얻어 독학으로 사회학과 철학을 계속 공부하고 지루할 때는 시집이나 소설을 읽고 습작을 하기도 했다. 독학 4년 만에 학위를 인정받고 대학원에서 석사를 거쳐 「세상을 바꾸지 못한 석가모니와 예수」라는 논문으로 박사 학위를 취득했다. 그러나 취업은 만만치 않았다. 이력서에 주민등록 초본을 살피던 대학 인사과에서는 모두 고개를 저었다. 어쩌다 시간 강사를 제안하기도 했으나 1회로 끝낸 경우가 허다하고 다시 부르지도 않았다. 간혹 대학 동아리에서 사회학과 철학에 대한 강연 요청을 받기도 했지만, 후배들에게 강연료를 달라고 할 수도 없었다.

전봇대에 덕지덕지 겹쳐 붙은 '과외 선생 찾습니다'라는 광고도 찾는 이보다 하겠다는 광고가 대부분이었다. 준호는 어쩔 수 없어 아무 곳이나 기웃거렸다. 어렵지 않게 얻은 일자리는 소위 말하는 3D업종이었다.

*

3D업종의 하루

오갈 데 없어 찾은 일터
집채만 한 절단 절곡기 앞에 서성인다

망치와 펜치 말고도 공구는 셀 수도 없고
철판과 파이프는 종잇장이 아니었다

찌지직 산소땜 전기땜 쌕쌕 춤추는 구라인다 전동 부러쉬
......
지 맘대로 날린 쇳가루 석면가루 맛으로 먹는 게 아니다

내리고 자르고 구부리고 붙여 다시 올리고
토요일 국공휴일 어디 가고 철(鐵) 일을 철(鐵)처럼 일상적인 잔업에
중국교포 딴 데 알아보러 가고 인도네시아 방글라데시……
3디업종의 해결사들 힘들다 도망간 자리

있는 힘을 다하지만
사장 눈에는 항상 부족하고 나는 부친다

허기진 저녁노을 아무 데나 눕고 싶다
차라리 잘라 버리고픈 팔꿈치의 통증은 퇴근 시간이 다가옴이다

잠들지 못한 몸뚱어리 꿈인지 생시인지 신음을 한다
그래도 좋다 뭇매 맞은 듯 고통의 밤이라도 좋다
날 밝지 말아라, 제발.

*

준호는 오래전 계엄군을 피해 도망치다 강진 터미널에서 걸려 도망쳤었다. 결국 붙잡혀 무자비하게 짓밟힌 뒤 계곡으로 던져졌다. 그때 늘어난 건지 끊어진 것인지 모를 왼쪽 팔의 인대와 왼쪽 무릎의 통증은 번번이 앞길을 가로막았다. 결국 한 달을 버티지도 못하고 퇴사했다. 명의로 알려진 주지 스님은 왜 인대는 고치지 못하셨을까? 하산 후 즉시 병원을 찾았어야 했다는 생각에 후회가 밀려온다.

준호는 3D업종이 아니면서 전과를 꼼꼼히 캐묻지 않는 직장은 없을까 생각하다가 자동차 운전면허를 따고 며칠 연수 후 택시 운전을 하기 시작했다. 그러나 사납금을 채우지 못하는 날들이 더 많았다. 1년 후 고정 월급이 보장된 화물차 기사로 취업했으나 화물을 올리고 내리는 작업은 인대와 무릎 통증 때문에 여전히 버거웠다. 힘을 쓰지 않아도 되겠다 싶어 버스 회사에 문의했으나 대형면허가 필요하다고 했다. 대형면허를 따기 위한 등록비는 부담이 되었지만, 대안이 없었다. 스페어 기사로 6개월을 일하다 정식으로 자리를 얻어 버스를 운전했다. 버스의 배차 간격은 7분 단위였고

1분이라도 늦거나 빠르면 사무실에서 바로 간격을 맞추라는 연락이 온다. 하지만 신호등에 잘못 걸리면 2분이 허비되는 구간도 있다. 곧 앞차와의 간격이 9분이 되기도 하고 10분을 넘길 수도 있다.

그러던 어느 날 시간에 쫓겨 신호를 무시하며 달리던 중 사고를 냈다. 횡단보도에서 사람을 치어 사망케 했으니 10대 중대 과실에 해당돼 보험에 가입되어 있거나 피해자와 합의한다 해도 형사처벌을 면하지 못한다. 검찰은 3년의 징역형과 벌금 5천만 원을 구형했고 법원은 징역 2년 집행유예 3년에 벌금 3천만 원을 선고했다. 전셋집을 빼고 월세방으로 옮길 수밖에 없었다.

빈털터리가 된 준호는 어쩔 수 없이 다시 택시회사를 찾았다. 다행히 다음 날부터 운전대를 잡았다. 이제 운전도 능숙해지고 시외 손님도 제법 있어서 사납금에 대한 걱정은 사라졌다.

그런데 3년 후 시련의 그림자가 다가왔다. 택시 노조에서 조합원들의 교육을 담당했는데 이것이 누군가의 고발로 이어졌다. 어느 날 사복 경찰 두 명이 회사로 찾아와 압수 영장을 내밀며 준호를 차에 태워 집 앞에 세우고 문을 열게 했다. 좁은 방 안에는 작은 책장이 있었고 그곳에는 전문 서적과 연구 서적, 그리고 몇 권의 시집과 소설이 꽂혀 있었다.

"김동진 씨, 이거 금서인지 모르세요?"
"어떤 걸 말씀하시는지요?"
"'노동조합법' 빼고는 모두가 불온서적이네요."
"모두 금서에서 해제된 걸로 알고 있는데 무슨 문제입니까?"
"특히 『민중의 바다(血海)』는 북한의 창작소설로 여전히 금서예요."
"무슨 말씀이세요. 그것도 다 풀린 걸로 아는데요?"
"어쨌든 경찰서 가서 이야기합시다."

그들은 책뿐만 아니라 준호가 가끔 시간 날 때 끄적여 놓았던 시와 소설의 초안까지 쓸어 담았다. 『민중의 바다(血海)』는 김일성의 항일투쟁사를 그린 작품으로 김일성 스스로 지었다는 소문도 있는 소설로 원래 제목은 '피바다'이다. 준호가 하산해 첫 집회에서 누군가로부터 받아 읽은 첫 소설이기도 하다.

검찰은 이런저런 살을 붙여 체제 전복 등을 선전 선동했다며 국가보안법 7조를 적용해 중형을 구형했다. 3개월 후 법원은 선고유예를 내렸고 준호는 바로 석방됐다. 그런데 선고유예를 받고 석방돼 복직하려 했으나 사측은 거절했다. 나중에 알고 보니 사측이 노조를 와해시키기 위해 궁리하다가 준호를 타깃으로 삼았다는 것이었다. 더구나 택시회사들끼리는 정보를 서로 공유해 강성 노조의 간부였던 기사들은 채용하지 않았다. 3개월 만에 출소한 준호는 오갈 데가 없었고 앞이 캄캄했다.

*

빈 잔

마침내 땅거미는 짙어지고 허름한 주막이 열린다
딱히 안주랄 것도 없는 값싼 쟁반을 껴안고 이 밤도 나는
대답 없는 잔을 부른다

삼경(三更)에 걸린 도시가 하나둘씩 꺼져가는데
건너편 식탁에는 넋두린지 희망일지 알 수 없는 '위하여'가
새벽으로 간다

속 모를 건배가 부러울 것이야 없는데 그믐달은 왜 동창에
주저앉아
먼동을 가로막을까
마중하고 싶은 새벽, 이정표는 과연 없는가……

빈 잔에 냉소가 흐르고 선잠 깬 주모가 하품 섞은 쟁반을
다시 차린다
그래, 한잔도 안 되는 한숨 한 줌도 못 되는 시름들
배신을 모르는 한잔에 오늘 밤도 하나둘씩 스러져 간다

흩날리는 낙엽 따위가 왜 슬프랴
회개하라 종소리 커지는데 동녘 어디에도 계명성은 보이지
않네
채워도 다시 채워도 늘 빈 잔

*

  주머니가 아슬아슬해 한동안은 삼시세끼를 라면으로

버티던 중 그래도 죽으라는 법은 없나 보다. 한동안 쉬면서 여기저기 문의하다 보니 전과를 묻지도 따지지도 않는 택시회사들도 있었다. 회사들끼리 정보를 공유한다 해도 기사가 모자라 택시를 세워놓는 것보다는 누구라도 와서 택시를 굴려줘야 회사에 수익이 발생하기 때문이다. 중간에 이런저런 사정으로 공백이 있었지만, 첫 택시를 운전하던 날부터 화물차와 버스 등을 포함해 운전만 십수 년째다. 택시 기사의 정년은 정해진 것이 없다지만 사흘에 한 번씩 백발을 감추기 위한 염색을 한다. 그러면서도 가끔 '나의 마지막 직업이 운전인가?'라는 자문자답을 이어갔다. 딱히 정해진 곳은 없지만 다른 무언가를 찾기 위해 정들었던 회사를 떠나기로 했다. 사표는 이미 일주일 전에 냈고 오늘이 마지막 날이다.

7   시련은 예고하지 않는다

첫눈이 내려 미끄러울 수는 있어도 하얀 도로가 새로운 앞날을 제시하는 것 같아 상쾌한 마음으로 새벽 교대를 했다. 새벽부터 호출이 있어 고객의 주소를 찾아가던 중이었다.

쾅, 콰광….

맞은편에서 달려오던 4.5톤 화물차가 눈길에 미끄러지면서 준호가 몰던 택시를 덮쳤고 택시는 반파되어 뒤집혔다. 119와 경찰, 레커차가 몰려들었고 새벽 출근길은 그야말로 아수라장이 되고 있었다.

병원으로 옮겨진 준호는 성한 곳이 없었다. 다행히 머리뼈에는 이상이 없다고 하나 어느 곳 하나 멀쩡한 곳이 없다. 수술실에서는 일곱 시간에 걸쳐 곳곳에 철심을 박았지만 일어나기까지는 상당한 기간이 필요해 보인다.

몸이 자유롭지는 않았으나 4개월 만에 목발을 짚고 병원에서 나온 준호는 물리치료를 계속했는데도 결국 육체노동은 불가하다는 판정을 받았다. 그래도 어떻게든 생계비는 필요하다. 하지만 몸이 자유롭지 못한 노년에 가까운 남자를 받아주는 데는 없었다. 준호는 주변의 권고로 병원 진단서를 들고 여기저기 관공서를 돌며 호소했고 심사를 마친 구청에서는 기초생활수급자로 지정해 주었다. 1인 최저 생계비를 지급하겠다는 것이었다.

최저 생계비로는 동창회나 동아리 후배들의 독촉에도 밖에 나갈 수 있는 여유가 없었다. 준호는 전화를 꺼놓고 은둔생활을 시작했다. 그리고 독학할 때 긁적거려 놓았던 시를 공모전에 내봤다.

*

빗속의 그리움

창가에 희미한 너의 그림자가 스친다.

먹구름이 창을 스미면 못다 한 날들이 되살아나고
창밖은 그날 밤처럼 아프다

하얀 미소가 창문을 두드린다
젖은 너를 바라만 보던 후회가 빗줄기처럼 세차고
어설펐던 지난날들이 이 밤을 배회한다

그리움은 왜 이별이 없는 것인가
뿌연 유리창을 지우고 또 지우는데 첫차가 시동을 건다
비 내리는 밤은 아직도 아리다

*

〈심사평〉
오랜만에 감성적이고 절제된 언어로 깊은 여운을 담아낸 서정시를 본다. 그리움의 대상은 어머니일 수도 있고 떠나간 연인일 수도 있는데 전체적인 맥락으로는 떠난 연인으로 보인다. 이 작품을 쓸 때 화자의 심경은 어땠을까 하는 생각을 해본다. 누가 보아도 가슴이 쓰렸을 것으로 보이는데 정작 화자는 절정의 절제로 이별의 아픔을 잔잔하게 그려놓았다. 그래서 보는 이들의 가슴을 더 먹먹하게 한다.
3연의 '그리움은 왜 이별이 없는 것인가'는 이 작품의 핵심 주제를 드러내는 문장이다. 그리움의 대상은 화자의 곁을 이미 떠났으나 화자는 이를 받아들이지 못한다. 바로 여기, 비 내리는 유리창 밖에 그가 분명히 있기 때문이다. 이 작품은 단어 하나하나에 진심이 묻어나고 무엇보다도 복잡한 비유 없이 누구라도 한눈에 이해하고 감동할 수 있다는 데 있다. 당선을 축하하며 더욱 정진하기를 기대한다.

한국 시 평론가협회
심사위원 안휘재(문학평론가), 강덕수(시인)

 수십 년 전 헤어진 첫사랑, 선희에 대한 그리움으로 수년 전 메모해 두었던 시 몇 편을 퇴고를 거듭한 뒤 간추려 보냈다.
 얼마 지나지 않아 문예지에서 당선이라는 통보를 받았는데 가슴이 설렜다. 이제 내가 시인인가? 하지만 표창장 양식에 '등단인증서'라는 상장 하나 받는 것으로 끝났다. 한편으로는 허전했으나, 준호는 시 쓰기를 멈추지 않았고 오래전 습작해 놓은 소설을 퇴고하기 시작했다.

8. 보이스 피싱

카톡!

"선배님! 안녕하세요. 저 이선희예요."

"이선희? 이게 얼마 만이야?"

"40년이 지난 것 같아요. 이제 할머니죠. 호호."

"나도 전철을 타면 젊은이들이 자리를 양보할 정도다, 하하. 그나저나 미국으로 이민 갔다는 얘기를 들었는데 지금 미국이야?"

"네, 맞아요. 사업을 하고 있어요. 국경 없이 많이 돌아다니죠."

"그래? 언제 한국에 오면 연락해 밥이나 한번 먹게. 그리고 내가 카톡이 서툰데 앞으로는 전화로 연락해, 목소리라도 들어보게."

이에 대한 답변은 없었다.

카톡!

"선배님, 농촌에 아는 분 있어요? 참기름과 들기름 좀 사려고요. 여기는 거의 중국산이라 믿을 수가 없어요."

"글쎄, 아는 사람이 없어. 내 인터넷으로 찾아서 알려줄게. 아, 내 최근 사진 보내줄게."

"건강해 보이시니 좋네요."

"너도 사진 있으면 한 장 보내줘."

"다 늙은 사진 뭐 하게요."

"늙는 게 죄인가?"

"선배, 사진 보냈어요. 선배님이 기대하는 얼굴이 아닐 수도 있어요. 호호."

"아니, 60 중반이면서 어떻게 40대 초반으로 보여?"

"열심히 가꾸고 살아요. 호호."

카톡!

"선배님 아까 알려주신 대로 전화했는데 대금을 먼저 보내라고 하네요?"

"대체로 그러지 않나?"

"선배님도 그쪽 편드세요?"

"편이 아니라, 거래라는 게 그렇잖나?"
"인성이 더러워서 다른 데 알아볼 거예요."
"그래, 친절한 곳도 있을 거야."

카톡!
"선배님, 미국에서 쿠팡 인터넷 쇼핑물 주문하려 했는데 배송을 안 해준다고 하네요. 구입 비용과 배송비 드릴 테니 구입해 보내줄 수 있나요?"
"쿠팡 상품번호 1598***, 1471***, 6956*** 자동차 스노우체인 블랙 16개…."
"보내준 모델을 찾을 수 없네. 미국 쿠팡이나 아마존에 문의해 봐."

카톡!
"선배님 일본에서 일이 잘못돼서 그러는데 $50,000를 미국으로 보내주실 수 있나요? 보내실 때 미국 친척 병원비 보낸다고 하면 5시간 이내로 들어간대요. 받는 사람 - ***Kim. 받는 곳 - Denver city colorado USA."

준호는 뭔가 이상한 느낌이 들었다.

렉서스 SUV, 포르쉐 SUV? 왜 이 차들의 부품을 한국에서 구해 보내달라는 것일까? 그리고 은행 계좌도 없이 개인에게? Denver city가 모두 ***Kim의 것일까?

"후배, 내가 답장을 바로 못 한 것은 내가 부탁을 들어줄 수 없어서였어."
"＄30,000는요?"
"없어."
"그럼 ＄10,000라도요."
"정말 미안한데 오래전부터 몸이 좋지 않아서 지금은 연금으로 살고 있어. 모아 둔 것도 없고…."
"저는 14시간 걸려 일본까지 왔어요. 그리고 낼모레 한국에 갈 거고요. 그 정도도 없다니 안타깝네요."
"그렇게 됐어, 미안해."

준호는 미안하면서도 마음이 설렜다. 부탁한 돈은 보내지는 못했지만 2~3일 후에 한국에 온다고 한다. 만나서 이런저런 얘기를 나누다 보면 오해가 풀릴 것으로 생각했다.

카톡!
"지금 인천공항 얼마 남지 않았는데 생각해 보니 연금이나 타 먹는 분과 차 한잔 마시는 것도 레벨이 너무 맞지 않아 포기하기로 했어요!"
"선희야, 무슨 말이야?"
"이제 선배고 뭐고 없어요."

그러면서 렉서스 SUV, 포르쉐 SUV를 자신의 애마라 소개하고 이를 타고 북남미 일대를 도는 것이 취미라며 사진을 보내왔다. 여기에 '시나 소설 써서 이런 호강을 누릴 수나 있어?' 라며 비아냥대기도 했다.

"선희야, 너 왜 그러는 거야?"
"몰라서 물어? 자본주의에서는 돈이 곧 권력이라는 것을."
"너 왜 이리 속물이 됐어?"
"속물? 무슨 짓을 하더라도 당신처럼 비참하게 사는

것보다는 낫지."

준호는 어이가 없었다. 자신을 과시하려는 것을 탓할 필요는 없다.

다만 기대했던 40여 년 만에 이뤄질 듯했던 만남의 꿈이 너무도 비참하게 무너지고 있었다.

돈 때문에 사람이 180도 달라지리라고는 상상조차 못 했었다. 준호는 상대가 진짜 선희가 아니라는 판단에 존칭을 쓰기 시작했다.

"당신이 누구신지는 모르겠으나 제가 그리워하던 방앗간 옆집에 살던 소녀가 아니군요. 죄송합니다. 핑계가 되겠지만 당신이 '차 한잔 마시는 것도 레벨이 너무 맞지 않다'고 했을 때 알았다며 멈춰야 했습니다. 솔직히 저는 주변 문인들의 눈치에도 44년 전의 선희 씨를 소재로 내 책을 도배했습니다. 이는 곧 이제까지 44년 전의 김준호에 갇혀 살았던 셈이죠. 이번 카톡을 주고받으며 비로소 깨어났습니다. 그리움은 그리움대로 남겨 뒀어야 했는데 만난다는 헛된 기대에 그리움이라는 단어를 짓밟고 말았다는 후회가 남는다는 거죠. 44년간의 망상을 깨워주셔서 감사합니다. 제게는 듣기에 낯선 단어들이 많았지만, 당신이 내게 한 말은 머리에서 지우겠습니다. 아무쪼록 한국에서 사업 잘 마무리하시고 평안한 귀갓길 되시기를 바랍니다."

"알았으면 똑바로 살아!"

다시 답장을 보낼까도 생각했지만, 또 무슨 모욕을 당할지 몰라 포기했다. 거머리는 무조건 떼어 내야지 달랜다고 스스로 떨어져 나가지는 않는다. 그런데 몇 시간 후면 출국한다던 그녀는 아직 한국을 떠나지 못했다. 아니, 출국하지 못한 게 아니라 입국도 하지 못했다. 공항에 내려 세관을 무사히 통과하고 택시를 잡으려던 찰나 경찰의 제지를 받았다.

카톡!
"안녕하십니까. 여기는 인천국제공항경찰단이고 저는 조사계 서인천 조사관입니다. 김동진 선생님 맞습니까?"

"네, 그렇습니다."
"혹시 이선희 씨를 아십니까?"

 공항경찰단은 뭐고 이선희는 뭐지? 준호는 망설이다가 긴장하며 답장했다.

"무슨 일이죠? 이선희라는 사람은 출국한 것으로 알고 있는데요."
"다름이 아니라 선생님과 카톡을 하신 흔적이 있어서 연락드리는 겁니다."
"카톡을 한 건 맞아요. 무슨 일이 있는가요?"
"아는 사이라면 오셔서 참고인 조사에 협조해 주셨으면 합니다."

 특별한 일정이 없어 인천공항으로 간 준호는 자세한 내용을 알게 되었다.
 경찰은 이선희가 필로폰 약 5kg을 소지하고 있었는데 시가로는 얼마인지 정확히 밝힐 수는 없지만 어마어마한 가격이란다. 어떻게 세관을 통과했는지 알 수 없으나 자기들이 검거할 수 있었던 것은 일본 도쿄공항 경찰단으로부터 긴급 연락을 받고 기다리고 있었다고 했다.

"이거 왜 이래? 나 미국 시민권자야!"
"미국 시민권자는 마약을 밀매해도 된다는 말씀인가요?"
"내가 마약이라도 갖고 있다는 거야? 증거 있어?"
"그럼, 미국 경찰로 넘길까요?"
"안 돼, 그건 절대 안 돼! 전화 좀 쓸게요."

비록 미수에 그쳤지만, 선희는 일본에서 운반책으로부터 필로폰 5kg을 수령해 국내에 유통시키려다 체포된 것으로 중형이 불가피하다. 만약 미국으로 보낼 경우 더 큰 형량이 기다리고 있을 것이므로 차라리 한국에서 징역을 살든 벌금을 내겠다는 속셈이다.

"안으로 모시겠습니다."
"이거 놔!"

"잠시 조사받으시면 됩니다."

 선희는 여자 경찰 두 명과 탐지견을 따라 탈의실에 들어갔고 기내용 캐리어 가방 밑창에 스티로폼으로 씌우고 박스테이프로 수십 번이나 감은 상자에서 5kg의 필로폰이 들통나고 말았다. 치밀하게 밀봉했으나 탐지견의 코를 가릴 수는 없었다. 일본에서 필로폰 5kg을 운반책에게 받아 한국행 비행기를 탔는데 도쿄공항 경찰단도 세관이 왜 검색도 없이 출국하게 했는지 알 수 없다고 했단다.

 일본 공항경찰단의 말에 따르면 일본 운반책이 선희에게 마약을 건네주고 달리다 앞차를 들이받는 사고를 냈다. 당시 그곳을 순찰하던 경찰이 얼굴에 타박상을 입은 수거책에게 병원 이송을 권고했으나 극구 반대해 신분증을 요구했다. 그러나 수거책은 면허증을 내미는 시늉을 하더니 바로 가속 페달을 밟았고 약 5km를 뺑소니치다가 체포되었다. 경찰은 이상한 느낌이 들어 자동차 내부를 조사하던 중 콘솔박스에서 비닐 팩으로 감싸둔 약 5kg의 필로폰을 발견했다. 경찰은 운반책의 몸을 수색하며 선처와 감형 등의 미끼를 제시하며 수령자의 국적과 이름, 현재 위치를 캐물었다. 초범인 운반책은 머리를 굴리다가 수령자의 연락처와 동선을 모두 불었다. 그러나 수령자인 선희는 이미 한국행 비행기를 탔을 거라는 운반책의 진술을 듣고 인천국제공항 경찰단에 연락하게 되었단다.

그런데 선희는 일본이나 한국 세관을 어떻게 통과했을까? 경찰은 한국 수취자를 물었으나 선희는 입을 다물고 있어 전국 경찰서 마약 팀에 통보했다고 했다. 그리고 압수한 통화 기록을 검사하던 중 최근 김동진과 카톡을 주고받은 내용이 있어 연락하게 됐다고 했다.

"혹시 최근에 이선희 씨를 만나기로 했었나요?"
"한국에 오면 연락하겠다고 하더니 안 만나겠다고 카톡이 왔더군요."
"무슨 일 때문에 만나기로 했었나요. 혹시 무슨 거래라도 하기로 한 건가요?"
"저를 마약범죄자로 모는 겁니까?"
"선생님 진정하십시오. 마약을 1g이라도 거래하셨다

면 스스로 이곳에 오지 않으셨겠죠."

경찰이 보여준 이선희의 카톡 명단을 보니 열 명이 있는데 그중에 김동진이 포함되어 있었다. 준호는 경찰의 추궁이 충분히 이해됐다.

"제가 이선희와 사귄 적은 있지만 헤어진 지 수십 년입니다. 이후 본 적이 없는데 지난여름 카톡이 와서 몇 차례 대화를 주고받은 게 다입니다. 그 여자에 대해 더는 아는 것도 없고 이제 이선희라는 이름을 듣는다는 것도 아주 불쾌합니다."
"아, 그러시군요. 협조해 주셔서 감사합니다."

준호는 검사 결과 마약의 거래나 투약 사실이 없는 것으로 판정되어 귀가했으나 식은땀이 났다. 만약 선희를 만나기라도 했으면 어떤 식으로든 엮였을 것이라는 생각에서였다.
나중에 안 사실이지만 준호가 떠난 지 수 분 만에 양복 차림의 두 신사가 나타났고 경찰에게 명함을 내밀

었단다. '대통령 경호처 유성열' 경찰의 눈이 휘둥그레질 때 한 사람이 입을 열었는데. 이선희 씨 당장 모셔 오고 캐리어 가방도 트렁크에 실으라고 했단다. 그들은 이선희를 태우고 사라졌고 이후 공항경찰단장은 한직으로 발령이 났다는 소문을 들었다.

9 되살아나는 추억

 공항에 다녀온 준호는 평소와 같이 컴퓨터를 켰고 메일함에 숫자가 떠 있어 하나씩 살펴봤다. 절반은 스팸이고 나머지도 별 관심이 없는 것들이다. 그런데 아주 생소한 명의의 메일이 보였다. 보낸 이가 '김아름'이다.

〈김동진 작가님께〉
작가님, 안녕하세요. 저는 40대 중반의 여자로 이름은 김아름이라고 합니다. 작가님께서 지난달 초에 내셨던 소설을 읽고 깜짝 놀라 이 편지를 씁니다. 다름이 아니라 소설 속의 얘기가 저와 제 엄마의 얘기 같아 몇 달째 티격태격하고 있답니다. 저의 엄마는 올해 65세이고 이름은 이선희 씨입니다. 제가 작가님의 소설 속 얘기를 하면 죽은 지 40년도 넘은 사람 얘기를 왜 하느냐며 짜증을 내십니다. 그러나 내색은 안 하시지만 그 책을 읽고 마음을 어디에 둘지 모르시더군요. 직접 메일을 보내라고 해도 망설이기를 몇 달째라 부득이 딸인 제가 편지를 씁니다. 혹시 우리 엄마에 대해 아신다면 아래 연락처로 전화주시기를 간절히 부탁합니다.

2024년 10월 30일
이선희 씨 딸 김아름 드림
전화 010-12**-78**

 준호는 코웃음을 쳤다.
 이번에 무슨 수작을 걸려고 메일로 접근하는 것일까.
열흘 뒤 낯선 이름의 이메일이 다시 왔다.

〈김동진 작가님께〉
안녕하세요. 저는 J대학 80학번이나 입학하자마자 휴학할 수밖에 없었던 이선희라고 합니다. 지금은 서울 사당동에 살고 있습니다. 지난달부터 우리 딸이 수차례 메일을 보냈으나 계속 반송되었기에 제가 직접 써봅니다. 저는 작가님이 지난가을에 펴내신 소설을 읽고 작품 속 여자가 곧 저라는 착각 속에 살아왔습니다. 그래서 무례한 질문을 할 수밖에 없는데 양해하여 주시기 바랍니다. 딱 한 가지 질문인데 작가님의 이름이 원래 김동진이신지요? 혹시 원명이 김준호 씨가 아닌지 궁금합니다. 제가 알고 싶은 사람은 김준호 씨인데 그분은 44년 전 경찰에 쫓기다가 바다에 빠져 숨졌습니다. 그러나 저는 김준호 씨가 기적처럼 구조되어 어디선가 살아계시리라는 망상을 40여 년이 넘도록 해왔습니다. 작가님이 제가 아는 그분이었으면 합니다만 아니셔도 상관은 없습니다. 왜냐면 제가 살던 동네와 친정까지 세세히 알고 계신다면 적어도 아는 사람은 될 것이라는 생각에서입니다. 시간이 되신다면 답장이나 전화로 연락 주시기 바랍니다.

2024년 11월 30일
이선희 드림
전화 010-**12-**56

* 작가님이 모르는 이선희라면 바로 폐기하시면 됩니다.

준호는 어딘가 좀 이상하다는 생각이 들었다. 시력도 좋지 않고 손동작도 느리니 카톡이 아닌 전화나 이메일로 소통하는 것이 좋겠다고 했으나 끝까지 알려주지 않았던 선희다. 그런데 이번엔 전화번호와 사는 동네까지 남겼다. 그것도 미국이 아닌 서울 사당동? 무엇보다도 80학번에 자신의 과거까지 다 알고 있다는 것이 소름을 돋게 했다.

  하지만 준호는 이내 고개를 저었다. 선희는 지난가을 첫 카톡 때부터 '선배, 선배'하면서 착한 이미지로 다가왔다. 그러나 이런저런 부탁을 할 때 여력이 되지 않는다고 하자 태도가 돌변해 자신을 비하하고 모욕하고 떠났던 여자다. 그런데 이번에는 왜 느닷없이 옛 추억을 꺼내 가며 접근하려는 것일까?

10 여의도의 밤

"멈춰! 멈추라고!"

2024년 12월 3일 밤 비상계엄령 선포 뒤 국회로 출동하는 장갑차를 맨몸으로 막아선 청년이 있었다. 장갑차 운전병은 멈칫했고 주변의 시민들은 합세해 장갑차를 에워쌌다. 그때 국회 정문에서 경찰들에게 문을 열라며 설득하던 초로의 남자가 약간 절뚝거리며 걸어왔다. 그리고 있는 힘을 다해 소리쳤다.

"시민 여러분! 진정하십시오. 이 장갑차가 한 뼘이라도 움직이면 제가 깔리겠습니다. 그리고 이 운전병에게 너무 나무라지 마십시오. 이 청년은 자신이 왜 여기 있는지 모릅니다. 우리의 아들이고 누군가의 형제일 것입니다. 다만, 거부할 용기가 없어 여기까지 떠밀린 것입니다."

주위는 여전히 '탄핵! 탄핵!'을 외치고 있었으나 준호는 장갑차 운전병에게 다가가 타일렀다.

"옛날 전두환의 신군부는 총칼로 시민들을 살육했기 때문에 자네의 할아버지뻘 되는 사람들은 죽음을 불사하고 싸우다 죽거나 부상당했다네. 남은 사람들은 미래를 위해서 피신하기도 했는데 모두 수배자가 되었었지. 하지만 이제 21세기로 소위 선진국이라는 나라에서 계엄령이 말이나 되는가? 80년대 신군부 때는 총칼에 움츠렸던 국민이 이제는 모두 깨어 있어. 따라서 자네가 명령이라고 운전을 고집한다면 역사의 죄인이 될 수도 있다는 것을 깨달았으면 좋겠네. 자네 부모님도 이를 바라지 않을 거야. 그래도 항명이 두려우면 나부터 깔고 가게나."

전투헬멧과 마스크로 얼굴을 가린 운전병은 갈등했다. 일주일 뒤면 승진인데 여기서 멈추면 승진은커녕 항명죄로 처벌될 것이 뻔하다. 그렇다고 장갑차를 에워싼 시민을 깔아뭉갤 수도 없다. 한참을 망설이던 운전병은 장갑차에서 내려 고개를 숙이며 죄송하다고 했다. 그리고 물었다.

"선생님, 혹시 김동진 교수님 아니신가요?"
"맞는데, 누구신지?"
"저는 작년 겨울 휴가 때 교수님의 특강 '정의란 무엇인가'를 들었던 이병철이라고 합니다."
"오! 그때 오셨었군요."

이병철은 마스크를 내리고 경례한 후 다시 말을 이었다. 눈을 빼고는 머리부터 발끝까지 온몸을 가려야 하는 특전사 대원이 마스크를 내리는 것 자체가 곧 항복이다. 김동진은 항명인 줄 알면서 여기서 멈춰준 용기가 너무 고맙다며, 어깨들 두드리며 격려했다.

"교수님, 그때 정말 감명 깊게 들었습니다. 이후 늘 마음에 새기고 있지만, 명령을 어길 수 없어 이 황당한 자리까지 오게 되었습니다. 용서해 주십시오."

이병철은 뒤따르던 장갑차 운전병들에게 두 팔을 들어 X 자를 그리며 더 나갈 수 없다는 신호를 보냈다. 장갑차들이 멈췄고 시민들은 운전병들에게 다가가 따뜻한 커피와 먹거리를 건넸고 장갑차를 멈춘 대원 중에는 눈물을 글썽이는 청년도 있었다.

준호는 발을 돌려 맨 처음 장갑차를 막은 청년에게 다가가 격려하며 등을 두드렸다. 공부보다는 게임이나 즐기는 줄 알았던 소위 MZ세대가 계엄군의 장갑차를 맨몸으로 막다니 놀랄 수밖에 없었다. 이제까지 자신의 생각이 편견이었다는 것을 깨달았다.

"선생님, 혹시 김동진 작가님 아니세요?"
"맞아, 그런데 나를 어떻게 알았나?"
"네, 저는 지난여름 작가님의 '사회와 문학' 특강을 들었던 김기석이라고 합니다."

"음, 그렇군."
"작가님, 지금도 시와 소설 쓰세요?"
"시간 되는 대로 긁적거리지."
"혹시 명함 있으면 한 장 부탁드립니다."
"음, 어떡하지? 나는 명함 같은 것 없어."
"그럼, 전화번호라도 알려주실 수 있나요?"

한참을 망설이던 준호가 입을 열었다.

"사실 내가 웬만해선 연락처를 주지 않아. 그런데 오늘 자네의 용기를 보고 감사한 마음으로 알려주겠네. 다만 여러 사람에게 알리지는 말게나."
"알겠습니다. 감사합니다."
"그런데 내 연락처가 왜 그리 궁금하나?"
"다른 게 아니라요. 우리 엄마랑 외할머니가 작가님 팬이신데 늘 궁금해하셔서요."
"음, 그래? 엄마와 할머니께 고맙다고 전해주게나."
"네."

여의도 국회의사당 앞의 인파는 점점 불어났고 색색의 응원봉이 밤하늘을 수놓았다. 얼마나 지났을까. 환호성이 여의도를 흔들었다. 약 두 시간 반 만에 계엄 해제 결의안이 국회를 통과했기 때문이다. 그러나 대통령은 국회의 해제 결의안을 쉽게 받아들이지 않았고 계속 시간을 끌었다. 이에 시민들은 즉각 탄핵을 외치며 흩어질 기미가 없다. 동진은 8년 전 박근혜 대통령 탄핵 때는 몸이 불편해 TV로 지켜만 봤었는데 노년이 된 지금도 심적으로는 청년이다. 물론 계엄령이 아니었다면 쇠약해진 몸으로 계속 나가지 못했을 수도 있었다. 21세기, 그것도 소위 선진국이라는 나라에서 고요한 밤에 계엄령이라니 준호는 어이가 없었다.

동이 터오자, 선희와 아름이는 도로 뒤편에 있는 어묵집으로 가서 요기하기로 했다. 우선 국물을 마시고 난 선희는 왠지 모를 한숨을 내쉬었다. 아름이도 편안한 모습은 아니다.

"어쩌겠어. 국회에서 해제 결의안이 통과됐다는데."

"하긴 그래. 하지만 오죽했으면 계엄을 선포했겠어…."

아쉬움을 뒤로 하고 일어서려던 순간 아름이 전화벨이 울렸다.

"기석아, 왜?"
"엄마! 엄마랑 할머니가 찾던 김동진 작가님 만났어."
"뭐? 어머머, 어디 계시는데?"
"아까 국회 앞에서 만났는데 조금 전 헤어졌고 오늘 밤 다시 나오실 것 같아."
"그래?"

국회에서 계엄 해제 결의안이 통과됐으나 군은 물러나지 않았고 오히려 불어났다. 이에 탄핵을 외치는 시민들의 함성은 더 높아졌고 숫자는 점점 커졌다. 잠깐 눈을 붙이고 초저녁에 나온 준호는 자유 발언대에 올랐다. 계엄의 부당성, 그리고 이로 인한 국격 추락, 경기 침체 등에 대해 일장 연설을 펼쳤다. 연설을 마치자 여기저기서 박수와 함께 함성이 울려 퍼졌다.

준호가 무대에서 내려오자 기다렸다는 듯 새벽에 만났던 김기석이 다가왔다.

"선생님, 잘하셨습니다. 속이 후련합니다. 시간이 되신다면 지금 저녁 식사라도 함께하고 싶습니다."
"지금?"
"네, 시위도 체력이 중요합니다. 식사하고 다시 나오는 것이 좋을 것 같습니다."

선희의 외손자인 기석은 전화로 엄마인 아름의 위치를 확인하고 준호와 함께 식당에 들어섰다.

11   꿈인가 생시인가?

"작가님, 이쪽으로 오시죠."

식당은 발 디딜 틈이 없을 정도로 만석이었다. 준호는 기석을 따라 구석진 곳으로 들어갔고 기석이 발길을 멈춘 곳은 두 명의 여자가 이미 자리하고 있었다. 준호는 자리가 없어 합석하려나 보다고 생각했다.

"작가님, 여기 앉으시면 됩니다."

준호는 양해를 구하고 앉으려다 별안간 몸이 굳었다. 선희도 눈을 떼지 못했다. 둘은 세월이 만든 가느다란 주름만 눈가에 그려졌을 뿐이어서 서로를 금방 알아볼 수 있었다. 선희는 바로 일어나 준호의 양손을 잡고 말없이 눈물만 흘렸다. 선희를 따라 일어선 아름이는 단번에 자신의 생부라는 생각이 들었고 가슴이 벅차게 뛰었다. 44년 만에 친아버지를 만나다니, 이건 소설에서나 있을 법한 이야기다. 영문을 모르는 기석은 이해가 되지 않았다. '작가와 독자 관계인데 무슨 일이지?'
 함께 자리에 앉은 후 선희가 말했다.

"우선 호칭을 어떻게 해야 할지 망설여지는데 뭐라고 불러야 해요? 제가 대학 입학하자마자 휴학했으니 선배라고 하기도 어색하고 그렇다고 고등학생이던 시절에 부르던 오빠라고 부르기도 민망하네요. 작가님이라고 부르면 돼요?"

 그때 아름이가 끼어들었다.

"엄마, 방금 생각났어요. 이제 와서 선배, 오빠, 모두 어색하기도 하네요. 그렇다고 작가님 그러면 완전 남남 같잖아. 그래서 말인데 사실대로 '아름이 아버지' 어때요? 그래야 나도 아버지라고 부르죠. 엄마가 오빠라고 하면 내게는 외삼촌이 되는데 그건 말도 안 돼요. 내가 아버지를 아버지라고 부르지 못했던 홍길동이에요? 호호호."

"그거 괜찮겠다. 괜찮으세요?"

"나야 뭐라 부르든 상관없어."

선희는 자리를 고쳐 앉으며 그간의 안부를 묻는 데 바빴다.

"아, 제 얘기만 하고 있네요. 얘는 하나밖에 없는 핏줄인 아름이에요. 제가 입학 후 바로 휴학한 건 알고 계시죠? 그때 얘를 임신하고 있었던 거죠. 그러고 보니 44년 만에 아버지와 딸의 첫 만남이네요. 그리고 얘는 아름이 아들 기석이고요."

아름이는 다시 일어나 허리를 구부리며 준호의 양손을 잡고 "아버지!"라고 부르며 눈물을 비 오듯 쏟아냈고, 눈치를 챈 기석이도 눈에 이슬이 맺혔다. 준호는 아름이를 달래며 말했다.

"정말 할 말이 없다. 너나 너희 엄마에게 면목이 없구나. 나랑 함께 싸우던 선배나 후배 동기 중에는 간혹 출세한 사람도 있고 가정을 꾸리고 그런대로 사는 사람도 있는 것 같던데 나만 은둔생활이 길었던 것 같다. 핑계를 대자면 한이 없겠지만 어쨌든 너의 엄마나 너에게 지금 내가 할 말이 어디 있겠냐. 용서해 달라는 말밖에 없구나."

"아버지, 무슨 말씀이세요. 지금이라도 이렇게 만났으니 이제 엄마도 한이 풀렸을 거예요. 저는 철없을 때까지는 아버지의 빈자리가 보여 속상하고 원망도 했어요. 하지만 엄마로부터 그 시절 상황을 듣고 나서부터는 원망이 아니라 존경으로 바뀌었어요. 그리고 어딘가에 살아계실 거라고 생각했어요. 그런데 아버지의 소설을 읽고 너무도 놀랐고 한편으로는 꼭 만날 수 있을 거라는 확신을 했어요. 그런데 그날이 오늘이 된 거예요. 이제 다시 헤어지지 말고 우리랑 함께 살아요."

"할아버지, 그렇게 하세요. 저도 할아버지가 우리와 함께 살았으면 좋겠어요. 할머니도 좋지?"

"그래, 나도 너희처럼 같은 생각인데 할아버지의 의견도 들어야지. 아름이 아빠, 어떠세요?"
"글쎄 모두 감사한데 생각 좀 해봐야지."
"아버지, 뭘 망설이세요? 우리 집도 넓고 엄마네도 거실 빼고도 방이 두 개나 돼요. 특히 엄마는 혼자 살아요. 제가 자주 들르기는 하지만 이제 누군가가 옆에 있어 주면 좋겠어요."

 다들 함께 살았으면 하지만 준호는 아직 사회생활이 익숙하지 않아서인지 누군가와 같이 산다는 것이 썩 내키지 않았다. 더구나 반쯤 말려 한쪽에 밀어둔 태극기와 성조기가 준호를 혼란스럽게 했다.

"아버지, 지금 사시는 데는 어디예요?"
"봉천동 변두리인데 조용하고 살기는 편해."
"그럼 가깝네요. 아버지, 결혼은 하셨어요? 그래서 쉽게 결정하지 못하시는 거예요?"
"결혼할 새도 없었지만 나 같은 백수에게 어떤 여자가 시집오겠니?"

"그래도 아버지 인물이면 많은 여자가 따랐을 것 같은데요?"

"그건 모르겠고 나는 이제 여자에 관심도 없어."

"왜요?"

"오랜 사찰 생활, 내려와서도 먹고사는 일 때문에 사람을 만나기도 어려웠어."

"아버지, 너무 고생하셨어요."

"교통사고로 오래 입원해 있을 때는 누군가 곁에 있었으면 하는 생각도 잠시 했었어. 하지만 40년 넘게 혼자 살다 보니 이제는 적응이 되어서인지 여자든 남자든 다 귀찮고 혼자인 것이 훨씬 더 편하다는 걸 알게 되었지. 즉, 누군가가 오히려 불편할 뿐이야."

"그래도 연세도 있으신데…."

아름이가 같은 얘기를 계속 이어가려고 하자 숨을 돌리려고 주머니에서 휴대폰을 꺼낸 후 말했다.

"그런데 어떻게 된 거야? 미국으로 이민 갔다더니 언제 돌아왔어?"

"이민이요?"
"여기 봐!"

공항 경찰이 보내준 사진부터 화면에 떴다.
카톡을 쭉 내려보던 아름이는 눈이 커지며 기겁했다.

"어머머, 보람이 이년이! 엄마 이것 좀 봐."
"아니, 얘가 미쳤구나. 네 아버지께 막말에 욕까지?"
"그거 누구야? 난 첨에 가슴이 정말 뛰었어. 처음엔 미국에 오면 대환영이라고도 하더라. 그런데 얘기를 주고받다 보니 내가 알던 네가 아니어서 이상하더라고. 오랜 세월이 흘렀다지만 이렇게 변할 수도 있나 싶었어."
"아름이 아버지, 정말 죄송해요. 제가 결혼해 얻은 앤데 변명할 여지도 없어요, 어휴."
"이년이 아버지 연락처는 어떻게 알았데요?"
"음, 그건 내가 네 엄마 찾으려고 오래전부터 글을 여기저기 올리고 했는데 누군가 메일로 네 엄마를 찾았다고 해서 그 사람에게 전화번호를 알려줬었지. 오늘 만나지 않았더라면 평생을 원망하고 살았을 것 같다."

카톡 내용을 다 읽은 선희는 분노했고 식은땀을 흘리며 아름이의 어깨로 목을 떨구었다. 아름이가 다급히 소리쳤다.

"엄마! 엄마 왜 이래. 정신 차려!"

기석이 응급차를 불렀고 선희는 응급실에서 정신을 차린 후에도 거친 숨을 몰아쉬며 '미친년, 미친년'하면서 가슴을 치고 있었다. 준호는 나중에 차근차근 물어도 될 것을 첫 만남부터 휴대폰을 열어 통째로 내민 것이 후회됐다. 그나마 선희를 사칭하던 여자가 마약을 국내에 들여오려다 공항경찰단에 체포돼 수사 중이라는 말까지 하지 않은 것을 다행이라고 생각했다. 선희가 안정돼 보이자 아름이 준호를 복도로 불렀다. 동녘 하늘이 붉게 타오르고 있었다.

"아버지, 놀라셨죠? 보람이 그년이 어렸을 때부터 엄마 속을 그렇게 썩였어요. 몇 년 전 이민 간다고 하더니 나중에 알고 보니 엄마를 협박해 1억 원을 빼갔어요. 엄마가 전에 살던 집보다 작은 데로 옮긴 것이 그 때문이었더라고요. 제게 상의도 안 하고 그렇게 하신 게 서운하기도 했어요. 그래도 엄마는 말도 못 하시고 되레 잘 살고 있는지 걱정만 해요. 결국 그년 때문에 엄마가 쓰러졌어요. 앞에 있으면 정말 머리채라도 잡고 싶어요."

"다 이해가 된다. 분하고 속이 터지겠지. 하지만 모든 자식이 착하기만 하겠니?"

"이번엔 아버지를 어떻게든 등쳐먹으려고 접근하려 했던 것 같아요. 아버지가 돈이 없던 게 천만다행이었어요. 혹시 그 뒤로는 연락이 없어요?"

"음, 걔 얘기는 그만하자. 너의 엄마인 줄 알고 속은 내가 잘못이지."

"아, 이건 다른 얘긴데 엄마는 5월이면 늘 우울해하셨어요. 저를 키워주시던 아버지가 20년 전에 사고로 돌아가셨는데 이후 매년 5월 18일이면 달력에 동그라미를 치셨어요. 저도 처음엔 무슨 날인가 궁금했는데 그날이 아빠가 계엄군에 쫓겨 사라진 날이라고 했어요. 매년 5월이면 엄마 얼굴에 수심이 가득했어요."

"그때 죽었다는 소문을 들었으면 그대로 알고 살아야

지 뭐 하러 여태 기억하고 있었다니?"

"그만큼 그리웠겠죠. 아버지는 엄마 생각 계속했어요?"

"그만하자."

12 찬탄과 반탄

 병원에서 먼저 자리를 뜬 준호는 귀가하면서 많은 생각이 들었다. 외손자인 기석이는 맨몸으로 장갑차를 막고 있었는데 기석이 엄마인 아름이와 할머니인 선희는 왜 태극기와 성조기를 소지하고 있었을까?

"엄마, 왜 며칠째 전화를 안 받지?"
"그러게."
"우리가 뭐 잘못한 게 있을까?"
"특별히 생각나는 건 없는데 내가 보람이 카톡 읽고 쓰러진 걸 보고 충격받으셨나?"
"병원 밖에 나가서 잠깐 얘기를 나눴는데 그 얘기는 안 하시던데?"

시위를 마치고 귀가한 기석이 말했다.

"엄마, 오늘 할아버지 만나 식사하고 왔어."
"뭐? 그럼, 전화는 왜 안 받으셨대?"
"거기에 대해선 묻지 못했어. 그런데 엄마랑 할머니가 태극기부대냐고 물으셨어."
"뭐? 그래서?"
"잘은 모르는데 그런 것 같다고 했어. 다만, 우리는 서로 간섭을 안 한다고 했더니 아무 말씀 안 하시고 고개만 끄덕이셨어."

선희와 아름이는 가슴이 덜컹했다. 얼떨결에 따라갔던 탄핵 반대 집회가 준호에게 충격을 준 것 같다는 생각을 동시에 했다. 그래서 전화를 받지 않으신 건가? 더구나 한남동 관저 앞에서 눈을 맞으며 밤샘을 한 적도 있다. 선희와 아름이는 후회하기 시작했다. 누구를 위해서였지?

준호는 다음 날도 전화를 받지 않았다. 통화 중이거나 전화기가 꺼져있다는 멘트만 흘러나왔다. 기석은 매일 집회에 나갔고 준호를 며칠 만에 다시 만났다.

"할아버지, 내일이 할머니 생신인데 알고 계세요?"
"그래? 잊어버렸네."
"할머니 댁 근처 한식집에서 조촐하게 하기로 했는데 저의 아빠도 오신다고 했어요."
"너의 아빠?"
"네, 제가 내일 오후 1시쯤 모시러 갈게요."

준호가 기석이를 따라 들어선 곳은 평범한 한식집이었다. 그런데 들어서자마자 옛날 어머니가 끓여주시던 된장찌개 냄새가 코를 자극했다. 식탁이 좌식인 것도 마음에 들었다. 골병이 든 후 좌식이 몸에 밴 준호의 방에는 컴퓨터 책상이 따로 없고 밥상에 노트북이 오르내릴 뿐이다.

준호가 식당 내부를 대충 살피고 상으로 다가가자 선희와 아름이가 바로 일어섰고 낯모를 남자가 따라 일어섰다. 서 있는 상태로 아름이가 자기 남편이라며 낯선 남자를 소개했고 선희는 착한 사위라며 부추겼다. 준호가 반갑다고 악수를 청하려던 순간 둘은 얼어붙었다.

"아버님, 혹시 계엄령 내린 후 국회에 오셨습니까?"
"갔었지. 그때 국회 정문을 가로막고 있던 이가 자네 아닌가?"
"맞습니다. 아버님, 저는 김덕수라고 합니다. 영등포 경찰서 경비과에서 근무하고 있습니다. 핑계가 되겠지만 개인적으로는 국회 진입 저지가 부당하다고 생각했었지만, 상부의 지시를 어길 수 없어 현장에 있을 수밖에 없었습니다. 죄송합니다."
"그거야 공무원으로서는 어쩔 수 없는 일이 아니겠나. 나는 그걸 나무라고 싶지는 않네."
"그나마 마음의 짐을 조금 던 것은 국회의장이 담을 넘어갈 수 있게 놔두라고 팀원들에게 지시했었습니다."
"아! 그래? 국회의장이 담을 넘어가지 못했다면 결의까지 시간이 지체될 수도 있었을 텐데 정말 큰일을 했네."

악수를 나누고 모두 앉았는데 선희와 아름이 무릎을 꿇은 자세였다.

준호는 왜 그러냐며 바로 앉기를 재촉했다. 그런데 선희와 아름이가 눈물을 흘리며 말했다.

"아름이 아버지, 정말 뭐라 할 말이 없어요. 탄핵 반대 집회에 몇 번 갔었는데 핑계를 대진 않겠어요. 용서해 주세요."
"아버지, 저도 엄마도 아무 생각 없이 나갔어요. 뭐가 옳은지 그른지를 모르고 교회 목사님의 지시라 따를 수밖에 없었고 무엇보다도 교우들에게 따돌림당할 것이 두려워 따라다녔어요. 다시는 가지 않을 테니 용서해 주세요."

한참을 지켜보던 김덕수가 입을 열었고 기석은 덕수의 입을 뚫어져라 바라보고 있었다.

"기석 엄마, 혹시 그 양아치 목사 선동에 넘어간 거야?"
"여보, 무슨 말을 그렇게 해? 교회에서 따돌림당할 것 같아서 두려워서 갔다고."

"그게 말이 돼? 결국 양아치가 바라던 머릿수 채워준 거잖아. 그래서 저렇게 더 날뛰고. 이제 교회 그만 나가!"

기석이 끼어들었다.

"아빠, 엄마나 할머니께 너무 나무라지 마세요. 저도 처음엔 기분이 좋지 않았어요. 근데 엄마랑 할머니는 반대 집회에 끝까지 남은 게 아니고 중간에 일어나 집으로 가는 척하다가 탄핵 찬성파가 있는 우리 쪽으로 오셨어요. 그리고 근처 커피점, 김밥집 등을 들러 탄핵 찬성 시민들에게 제공하라며 선결제하시고 집으로 가시기도 했어요."

듣고만 있던 준호가 입을 열었다.

"그래, 모두 최선을 다하고 있다는 생각이 든다. 한 가족이라도 생각은 다를 수가 있어. 다만, 이런저런 구실로 참여를 강요하거나 피할 수 없게 만드는 건 옳지 않다는 생각이야. 너의 엄마나 할머니가 그곳에 간 것은 자발적이 아닌 교회의 보이지 않는 압력에 의한 거잖아. 너무 개의치 말아라. 탄핵 반대에 참석하는 이들의 거의는 왜 태극기와 성조기를 흔들어야 하는지도 몰라. 그냥 군중심리에 휩쓸려 다니는 거지. 간혹 경제적으로 궁핍한 노년들을 홀리는 경우도 많을 거야. 다만, 이쪽이든 저쪽이든 무엇이 정의이고 불의인지나 알고 나섰으면 좋겠어."

"짝짝짝, 할아버지 최고! 지난여름 특강하실 때 광경이 떠올라요. 이제 우리 가족 모두 한편이 된 것 같아요. 이제까지는 아빠와 저는 찬성 쪽, 엄마와 할머니는 반대쪽이었거든요. 정확하게는 엄마랑 할머니는 이쪽도 저쪽도 아닌 셈이지만, 하하."

"야! 이제 엄마랑 할머니 그쪽 집회에 안 나간다고 할아버지께 약속했는데 무슨 이쪽저쪽이야?"

"알았어. 인정해 줄게 10만 원!"

"뭐 하게?"

"매일 밤새고 굶고 들어오는 아들 불쌍치도 않아? 나중에 알바해서 갚을게."

"너 이제까지 엄마한테 갚겠다고 가져간 돈 한 번이라도 갚은 적 있어?"

그때 아름이 아빠 김덕수가 지갑을 꺼내며 아들 기석에게 말했다.

"너무 그러지 마. 야, 이거 보태 써."

"와, 아빠는 따블이네. 고맙습니다. 아빠!"

준호는 기석이가 저렇게 좋아하는 돈을 줄 수 없는 것이 아쉬웠지만 눈길을 다른 곳으로 돌리며 표정을 감췄다. 이날 이후 준호는 전화도 받지 않았다. 기석이가 집에 찾아갔으나 집주인은 우리는 전세든 월세든 세를 준 적이 없다고 했다.

13   허무한 춘몽

"큰스님, 저녁 공양 시간입니다."
"알았다."
"국 식습니다. 어서 일어나십시오."

준호는 아침 일찍부터 예약된 천도재를 시작했는데 상주와 비속뿐 아니라 일가친척까지 20여 명이 넘는 사람이 몰려왔다. 따라서 그만큼 시간이 길어질 수밖에 없었다. 상좌와 행자 몇이 시중을 들었으나 나머지 의식들은 모두 준호의 몫이었다. 지친 준호는 손님들을 보내고 행자승에게 '깨우지 말라'고 부탁하고 그대로 쓰러져 잠이 들었었다.

네댓 시간 후 행자승은 점심 공양도 거르고 자는 준

호가 걱정되어 저녁은 들게 하려고 깨웠으나 준호는 일어나서도 정신을 차리지 못하고 알 수 없는 질문을 던졌다.

"그런데 선희 보살님과 일행들은 모두 돌아가셨느냐?"
"스님 무슨 말씀입니까? 소승이 우리 사찰에 오는 모든 이를 다 아는데 선희 보살님이 계셨습니까?"
"조금 전 천도재 올렸던 보살님 일행들 말이다."
"예? 오늘 천도재도 없었고 당연히 들르신 분은 아무도 없습니다."
"이놈이 누구를 속이려느냐. 조금 전까지 선희 보살님이 앞에 계셨는데 왜 모른다고 하느냐?"
"큰스님, 환영을 보신 겁니까? 오늘 쥐새끼 한 마리 오지 않았습니다."
"상좌 들라 해라."
"예."

준호는 아무래도 행자의 말이 믿어지지 않아 맏상좌

를 불렀다.

"큰 스님, 무슨 일이 있으십니까?"
'…밖에는 무슨 소식 없더냐?"
"예, 계엄령을 내렸다는 소문이 있었는데 대통령이 탄핵됐다고 합니다."
"계엄령? 나도 그 현장에 있었는데 어떻게 된 거냐?"
"큰스님은 그때 동안거라 계속 암자에 계셨습니다."
"거 참 이상하구나…. 무슨 꿈이 이리도 생생한고."

준호는 믿어지지 않았다. 국회 앞에 분명히 갔었고 선희를 만나기까지 했는데 동안거라 암자에만 있었다고?

제2부

- 현실과 교차하는 환영 -

1 연결고리의 등장

"준표 학생, 좀 괜찮아요?"

"아악, 네? 여기가 어디죠?"

"네, 여기는 수도원이니 안심해도 돼요."

"아아, 그런데 제가 왜 여기 있나요?"

"몸이 엉망이니 무리하지 말아요. 여기에 오게 된 것은 계엄군에게 총을 맞았어요. 그래도 돌아가신 수사님 덕에 살게 되었어요."

"수사님 덕에요?"

"네, 우리 프란치스코 수사님께서 동정을 살피러 갔다가 오시던 길에 준표 씨가 계엄군의 총에 맞아 쓰러진 것을 보고 멈추라고 소리치며 넘어진 준표 씨를 감싸안고 엎어졌죠. 그러자 그놈들은 수사님의 머리와 목, 등에 벌집을 내고 사라졌다네요. 총소리를 듣고 달려 나간 수사님들이 돌아가신 수사님과 학생을 업고 여기로 오게 된 거예요."

"그럼, 수사님이 저 때문에 돌아가신 겁니까?"

"그건 아니고 하느님께서 학생을 쓰시려 하신 거죠."

준표와 수사가 모두 죽었다고 생각하며 내려가던 계엄군 중 한 명이 근심에 찬 눈으로 말했다.

"아까 학생 위에 엎어진 사람은 수사 같은데 이거 밖으로 알려지면 큰일인데…."

"뭐가 큰일이야. 수사라고 별거야? 눈에 띄는 것들은 직업이나 직책이 뭐든 모두 우리의 적이라는 사실을 잊었어?"

"그럼, 아까 애 업고 가던 아주머니도 적이라서 쐈는가?"

"그렇지. 우리 작전에 걸리적거리잖아. 총알도 넉넉하고, 하하."

"뭐라고? 그럼 나도 적인가?"

"사람을 골라서 쏘거나 우물쭈물하면 너도 적이나 마찬가지지."

"그래?"

근처에서 경비 중이던 계엄군들이 총소리를 듣고 달려왔으나 둘은 이미 숨진 뒤였다. 누군가 먼저 쏘고 자살한 것으로 보이나 그들에게는 지금 사건을 조사할 여유가 없었다. 오직 광주를 피바다로 만들라는 명령만 귀에서 맴돌기 때문이다.

"수사님, 그런데 제 이름은 어떻게 아셨어요?"
"학생증이 있더군. 요즘 쟤들은 학생들만 잡으러 다녀요. 좀 잠잠해지면 큰 병원으로 가서 정밀검사를 해보죠. 총알이 어깨와 무릎에 박혀서 여기에서는 손쓸 방법이 없어요."
"고맙습니다. 이 은혜 꼭 갚겠습니다."
"우리가 한 것은 아무것도 없어요. 하느님의 은혜죠. 혹시 종교가 있나요?"
"네 유치원 때까지는 성당에 다녔어요."
"본명은요?"
"요셉이요."

"대부가 누군지 아나요?"

"너무 오래되어 모릅니다."

"그럼, 오늘부터 내가 새로운 대부가 되어야겠군. 이제 말 놓아도 되겠는가?"

"당연하죠. 수사님은 어른이시고 여기에 대부까지 허락하셨으니 자식처럼 대해주십시오."

"최선을 다하겠네."

준표의 통증은 밤낮을 가리지 않았다. 수사들이 수시로 소독하고 붕대를 새로 갈아 감아주었지만, 거기까지였다. 총성이 멈춘 지 일주일이 되던 날 수사 둘이 준표를 부축하며 도착한 J대학병원은 그야말로 발을 디딜 틈이 없었다. 한참을 기다리다 응급실에서 총알 제거만 하고 약 처방을 받은 뒤 다시 수도원으로 돌아왔다. 하지만 여전히 혼자 거동할 수는 없었다. 부모님이나 형이 어떻게 지내고 있는지도 궁금했다. 그러던 어느 날 대부가 물었다.

"요셉, 주소가 어딘가? 가족들이 많이 궁금해하실 것

같은데."

"네, 학동입니다."

"아, 여기서 멀지는 않군. 주소 좀 자세히 알려주게나."

"네."

 준표는 메모지에 자세한 주소와 가족관계를 적어주었다.

 다음 날 저녁 대부는 한숨과 침울한 표정으로 준표에게 다가왔다.

"요셉, 이를 어쩌나. 오늘 찾아갔는데 동네 사람들 말로는 부모님은 얼마 전 행방불명되셨다더라. 그리고 형은 계엄군에 쫓겨 달아났는데 지금 어디에 있는지 알 수 없다더군…."

"……."

"마음이 많이 아프겠지. 그래도 몸이 완치되고 원기를 회복한 뒤 다시 찾는 방법도 있으니 너무 실망하지 마."

 준표는 수도원에 머무는 동안 성경을 탐독했다. 어렸

을 때 부모님을 따라 성당에 다니던 때와는 달리 읽을수록 끌리는 무엇이 있었다. 어렸을 때 요셉이라는 세례명도 받았지만, 그건 유치원 때고 이후 이런저런 핑계로 성당을 나가지 않았다.

준표는 6개월 만에 수도원을 나왔다. 목발을 짚은 채 이제까지 돌봐주셔서 고맙다는 인사를 정중히 올리고 난 뒤였다.

대낮인데도 늦가을의 거리는 여느 해보다 쌀쌀했다. 집에 들렀으나 대부인 스테파노 수사가 전해준 그대로였다. 아는 사람들에게 물어봤지만, 부모님도 형도 어디로 사라졌는지 알 수 없다고 했다. 일가친척은 물론 아는 이가 없다. 다락방을 뒤져서 계엄군이 가지고 가지 않은 가족사진 몇 장과 형이 평소 좋아하던 서적과 습작 노트들을 챙겨 나왔다.

'부모님과 형 그리고 나머지 흔적들은 다 어디로 갔을까…'

준표는 답답한 심경으로 수도원을 다시 찾았다. 시몬이라는 세례명을 가진 수사가 먼저 반겼고, 잠시 후 대부인 스테파노 수사가 방에서 나왔다.

2   요셉 신부

"안녕하세요?"

"오! 요셉, 밖에 나가서 좀 알아봤어?"

"네, 여기저기 수소문했지만, 부모님이나 형의 소식은 알 수 없었습니다."

"아쉽게 됐군. 좋은 소식을 기다릴 수밖에 없지."

"저도 그렇게 생각합니다."

"그래, 열심히 기도하면 좋은 소식이 있을 거야."

"대부님, 사실 오늘 온 것은 앞날에 대해 상담하기 위해서입니다."

"수도원에만 있는 내가 요셉의 앞날에 대해 상담할 자격이 있을까? 바깥세상을 모르니 취업 자리를 알아봐 줄 수도 없고…."

"그래서 말씀드리는데요. 저도 수사님이나 신부님이

될 수 없을까요?"

"허허, 수사나 신부가 그냥 되고 싶다고 쉽게 되나?"

"허락만 하신다면 도전해 보겠습니다."

"수사나 신부가 되기 위해서는 여러 조건이 있지만, 그중에 신학교육만 6년인데 그 기간을 이겨낼 자신이 있어?"

"교육만 6년이요?"

"그래."

"대학교와 대학원까지라면 입학금이나 등록금도 있겠지요?"

"다른 일반 대학에 비하면 싸지만, 당연히 있지."

준표는 고개를 떨구었다. 부모님이 계셨다면 입학금은 물론 등록금도 쉽게 주셨을 텐데 지금은 답이 없다. 이를 지켜보던 스테파노 수사는 준표의 속을 들여다본 듯 말을 이었다.

"신부나 수사가 되려는 목적이 뭔가?"

"짧지만 여기 있을 때 성경을 탐독하며 다짐했습니다.

저도 예수님처럼 살고 싶다고요. 하지만 지금은 부모님이 없어 입학비도 대출 곳이 없으니 포기하겠습니다."

"음, 신심은 중간에 쉬었다고 했는데 그럼, 순결은 잘 지켜왔나?"

"네, 저에게 여자는 어머니밖에 없습니다."

"나이로는 애인이 있을 법도 한데?"

"그렇긴 합니다만 데모하느라 저절로 순결을 지키게 됐습니다."

"허허, 데모가 요셉을 성직자의 길을 가게 했군. 성직자가 되기 위해서는 앞으로가 더 힘들 수 있는데 각오는 되어 있어?"

"가르쳐 주신다면 많이 배우겠습니다."

잠시 침묵의 시간을 보내고 난 뒤, 아무런 답을 찾을 수 없다는 생각에 준표가 일어서려고 하자 스테파노 수사가 다시 앉으라고 손짓했다. 관상을 보는 듯 준표의 얼굴을 길게 훑어보던 수사는 준표와 눈이 마주치자 말을 이어갔다.

"내가 생부는 아니지만 요셉의 신앙적 아버지인 대부이니 고민이 없진 않아, 그래도 서로 기도하면 길이 있을 테니 초조해하지 마. 당분간 이곳에서 지내면서 청빈과 순명이 무엇인지부터 체험해 봐."

"……."

대부인 스테파노 수사가 수도원장이며 신부라는 것은 수도원에 온 지 열흘 만에 알게 됐다. 준표는 자급자족하는 수도원에서 반년 정도 농사를 구경도 하고 따라 배우며 선배 수사들의 조언을 익혀갔다.

그리고 다음 해 원장이자 대부인 스테파노 수사로부터 건네받은 입학금과 등록금으로 가톨릭대학교에 입학할 수 있었다. 다만, 수도원에서 미사를 빼고도 하루 일곱 번이나 있는 기도 시간 등 일부를 체험하기도 했지만, 1년간은 절대 밖에 나갈 수도 없는 1학년 과정이 답답하기만 했다. 이렇게 6년을 썩어야 하나? 나가서 일자리를 찾으면 심신이 자유로울 수도 있을 텐데…. 준표는 끝없는 갈등으로 1년을 허비했다. 당연히 그 많은 종류의 장학금 중 하나도 받을 수 없었다. 그때마다 원장 신부 스테파노는 학교에 문의한 뒤 학기마다 등록금을 대줬다. 준표는 2학년을 준비하면서부터 생각했다. 대부님은 왜 아무런 조건 없이 내 등록금을 대주고 있는가?

준표는 별안간 2년 전 대부인 스테파노 원장이 전해준 말이 떠올랐다. 자기를 감싸다 죽은 프란치스코 수사에 대해 "하느님께서 요셉을 쓰시려고 프란치스코를 방패로 쓰신 것 같다."라며 죄의식에 빠져 있는 자신을 위로했다. 또한 신자가 아니어도 대부분은 알고 있는 성경 구절을 자주 읊었다. '구하라 그러면 너희에게 주실 것이요 찾으라 그러면 찾을 것이요 문을 두드리라 그러면 너희에게 열릴 것이니'였는데 준표는 겉으로 드러내지 않았지만, 등록금 마감일이 다가오면 늘 초조하고 두려웠다. 하지만 그때마다 스테파노 원장은 준표의 구함이었고, 열리는 문이었던 셈이다. 준표는 새삼 감사하는 마음이 들었고 2학년 2학기부터는 이를 악물고 사제의 길을 준비했다. 결국 학교에 있는 장학금을 거의 휩쓸다시피 하며 더는 지원을 받지 않고 졸업했다. 사제 서품을 받던 날 준표는 대부인 스테파노 원장 신부에게 큰절을 올리며 그간의 돌봄에 감사의 마음을 전했다.

  준표의 첫 발령지는 서울의 작은 성당이었고 보좌신부로 3년을 근무한 후 5년 간격으로 서울의 다른 성당의 본당 신부로 발령을 받아 열심히 근무하고 있다. 지난 1월에는 눈이 내리는 대통령 관저 앞 도로에서 탄핵 찬반 집회 시민들에게 화장실 무료, 김밥 등 따스한 물을 제공할 수 있었던 것도 준표가 프란체스코 수도회와 상의한 후 시작된 것이다. 탄핵에 찬성하든 반대하든 누구에게나 화장실을 개방했고 난방을 틀어 몸을 녹이게 했다.

3 현실을 부정하는 환영(幻影)

어제 다녀간 아름이가 다시 들렀다.

"엄마! 왜 그렇게 서 있기만 해? 더구나 비도 오는데 창문도 열어놓고?"
"그냥 비가 좋아서 그렇지. 근데 요즘 왜 이렇게 자주 오니?"
"딸이 친정 오는데 꼭 무슨 일이 있어야 해? 근데 왜 울었어? 눈은 벌게 갖고?"
"대통령이 구속됐잖아."
"그거야 잘못했으니 그런 거겠지."
"옛날부터 임금은 하늘이 낸다고 했는데 인간들이 쫓아내다니…."

"엄마, 지금이 왕정 시대야?"

"대통령은 왕이나 다름없지 뭐."

"엄마 말대로라면 전두환도 하늘이 낸 거네?"

"…그럴 수도 있지, 하나님이 우리를 시험해 보려고."

"엄마, 엄마랑 아버지 갈라서게 한 게 전두환 신군부라며?"

"……."

아름이는 전에 엄마가 말한 대로 아버지는 정말 계엄군에 쫓기다 바다에 빠져 돌아가셨을까? 꼭 어딘가에 살아계실 것만 같다. 얼굴은 어떻게 생겼을까? 꿈에라도 한번 봤으면 좋겠다는 생각을 여전히 품고 산다.

그때 바로 속보가 떴다.

"윤석열 대통령 석방! 지난 1월 19일 체포당해 구속되어 있던 중 구속 기간을 날이 아니라 시간이라는 지귀연 판사의 사상 초유의 계산법으로 석방을 결정했다고 합니다. 하지만, 심우정 검찰총장은 알 수 없는 이유로 즉시 항고를 하지 않고 즉각 석방시켰습니다. 정치

권과 시민단체의 반발이 크게 일어나고 있습니다."

"우와! 만세!"
"엄마! 왜 이래?"
"TV 봐, 대통령 석방됐다잖아."
"석방됐다고 죄가 없어지나?"
"죄가 없으니까 석방된 거지."
"엄마, 법조계나 시민들이 왜 시간 가지고 난리들이겠어?"
"시간이 왜 중요하니? 저것들은 반국가세력들이야."
"그럼, 엄마! 예수님 몇 시간 만에 부활하셨어?"
"사흘 만이지."
"날짜가 아니라 시간으로 말이야. 몇 시간 만에 부활하셨냐고?"
"무슨 똥딴지같은 소리야. 여기에 예수님이 왜 들어가니?"
"엄마, 석방됐다고 무죄가 아니야. 불구속으로 수사하겠다는 거지."
"어쨌든 석방됐으면 좋은 거지 뭐. 넌 기쁘지도 않

아? 한남동에서 눈 뒤집어쓰고 탄핵 반대할 때 네가 앞장서 구호 외치고 했잖아."

"내가 언제?"

2025년 4월 4일 오전 11시 22분.
"주문. 피청구인 대통령 윤석열을 파면한다."

 방청석에서는 짧은 박수와 탄성, 윤석열 측 변호인들은 고개 숙이고 국회 측에서는 만족하다는 미소를 지었다.
 탄핵을 반대하던 세력들은 헌법재판소의 결정이 나기 전까지는 무조건 기각이 되리라고 굳게 믿었다. 그러나 그 기대는 무너졌고 그들은 서로가 누구 탓이냐며 지도부를 헐뜯고 있었다.
 집에서 TV로 시청하던 선희는 어깨가 축 처졌다. 석방된 지 한 달도 안 돼 파면이라니…. 부아가 치밀고 속이 타는 듯했다. 선희는 아름이의 '점심 먹자'라는 소리에 속이 안 좋다며 거절했다. 그러다가 아름이를 향해 물었다.

"…그나저나 네 아버지는 비도 오는데 왜 아직 안 오신다니?"

"아버지라니?"

"며칠 전 내 생일에도 오셨는데 기억 안 나?"

"엄마, 지금 4월이야. 엄마 생일이 12월인데 며칠 전에 오긴 누가 와?"

선희는 머리가 복잡해졌다,

'아름이 말대로라면 이제까지 내가 보고 들은 것들이 모두 환상이었다는 것일까? 아니야. 그럴 리가 없어. 난 아름이 아버지, 아니 준호 씨를 직접 보고 만났어. 그리고 살아온 얘기도 하고…. 왜 아름이는 거짓말을 하고 있을까?'

대통령이 파면된 것은 사실이다. 더구나 딸 아름이와 집회 때 근육 파열로 입대를 미룬 외손자 기석이는 가끔 들러 대통령을 비난하며 파면된 이유를 하나하나 선희에게 주입시켰다. 그런데 왜 나머지는 선희의 착각으로 단정하는지 이해할 수가 없다. '김동진 작가'가 생부일 것이라며 작년 가을부터 몇 날 며칠을 김동진 작가가 쓴 소설책을 들고 풀방구리에 쥐 드나들 듯하던 때는 언제고 이제 와 본 적도 만난 적도 없다니 기가 막혔다.

4   실마리

치매가 맞을까? 선희는 이제 아름이에게 무슨 말을 하는 것이 두렵다. 생생히 체험한 것을 이야기하는 데도 마치 치매 걸린 노인네 취급하는 것 같아 서운하기도 했다.

벚꽃도 지고 여기저기서 장미 축제를 준비하는 것 같다. TV에서는 각 지역의 축제 예정일을 안내하고 있었다. 백장미, 흑장미, 보라색, 노란색, 그리고 우리가 흔히 보는 빨간 장미, 여기에 덩굴장미 등 다양한 장미꽃들이 화면을 채웠다. 하지만 꽃 알레르기가 있는 선희에게는 그림의 떡일 뿐이다.

아쉬운 마음으로 컴퓨터 앞에 앉았다. 로그인하자 몇 개의 메일이 와 있었다. 그런데 평소와 같이 흔한 광고를 삭제하다가 갑자기 숨이 막힐 듯한 메일을 발견했다. 보낸 이가 '김동진'이고 제목은 '초대합니다'였다. 선희는 두근거리는 가슴을 움켜쥐고 메일을 열었다.

〈초대합니다〉

이선희 님, 안녕하십니까?
이 초대장은 저의 졸작을 읽고 리뷰를 남기셨거나 이메일로 격려해 주신 독자분들을 모시고 간소하게나마 '출판기념회'를 갖고자 하는 마음에서입니다. 책이 나온 지 꽤 됐으나 일정이 있어 이렇게 늦게 기념회를 갖게 되었습니다. 평일이라 바쁘시겠지만, 저의 직업상 주말이 아닌 평일에 초대한 것을 양해해 주십시오.

일시: 2025년 5월 19일(월) 오후 3시
장소: 서울 용산구 한남동 프란치스코 교육관
　　　(모인 후 예약 식당으로 이동)

2025. 4. 30.

작가 김동진 드림

가슴이 쿵쾅거렸다. 어쩌면 또 무시당할 수도 있지만 아무래도 혼자서는 흥분을 가라앉힐 수 없어 아름이에게 전화를 걸었다.

"엄마, 사실이야?"
"그럼, 뜨신 밥 먹고 헛소리하겠니?"
"엄마, 19일 남았어. 그날이 무슨 특별한 날일까?"
"특별한 날이긴 하지. 그날이 네 아버지가 계엄군에 쫓겨 사라진 날이야."
"뭐라고?"

 드디어 기다리고 기다리던 그날이 왔다.
 월요일 오후라 그런지 도로는 한산했다. 선희와 기석이는 아름이의 차로 30분 만에 도착했다. 계단을 올라 교육관에 입장하자 벌써 많은 사람들이 앉아 있었고 거의가 서로 아는 사람들인지 자연스럽게 대화를 주고받고 있었다. 몇 개의 화환이 입구에 있었는데 요셉 신부가 다녔던 가톨릭대학 동문회, 개신교 목사와 불교 스님 등이 보내온 것이다. 너무 붐빌 것 같아 주임 신부로 있는 성당의 신자 몇 외에는 알리지 않았다고 한다. 교회만 다니던 선희는 왠지 낯설었다. 이때 수사 한 명이 선희와 아름이, 기석이 자리를 마련하고 앉으라고 했다. 잠시 후 사회를 맡은 수녀가 일정을 소개했다.

"안녕하세요. 저는 오늘의 주인공인 김준표 요셉 신부님과 같은 성당에서 근무하고 있는 이영희 안나 수녀입니다. 오늘 평일인데도 자리를 빛내주시기 위해 찾아주신 여러 형제·자매님들께 감사드립니다. 오늘 일정은 저자와의 만남으로 신부님께서 간단한 자기소개와 이 소설을 쓰게 된 동기에 대해 설명해 주실 겁니다. 질문도 가능한데 짧게 해주시면 고맙겠습니다. 그리고 출판기념회가 끝나면 자리를 이동해 예약해 둔 식당에서 저녁을 나누는 순서로 진행됩니다. 끝까지 자리를 함께해 주시기를 부탁합니다. 그럼 저자이신 김준표 요셉 신부님을 박수로 환영해 주시기 바랍니다."

준표가 등장하자 여기저기서 박수와 함께 환영의 목소리들이 터져 나왔다.

짝짝짝….

"신부님, 사랑해요."

"작가님을 뵐 수 있어서 정말 행복해요."

"자, 박수 그만 치시고요. 저는 앞서 수녀님이 소개하셨듯이 여러분이 들고 계신 책의 저자 김준표 요셉 신부입니다. 사실 출판기념회는 생각지도 않았는데 독자 여러분의 성화로 개최하게 됐습니다. 아시다시피 이 책은 작년 가을에 출간되었으나 일정이 많아 이제야 자리를 마련했습니다. 죄송하다는 말씀 먼저 드립니다. 그리고 중요한 정보인데 글을 쓸 때는 김동진이라는 필명을 쓰지요. 필명에도 사연이 있는데 잠시 후면 알게 될 것입니다."

선회와 아름이는 책날개에서 봤던 김동진 작가를 직접 보며 속삭였다.

"엄마, 그분 맞아?"

"그래, 이마에 주름만 조금 있을 뿐 그분 맞아."

"내 아버지가 맞다고?"

"쉿, 목소리 좀 낮춰. 그래, 아까 이름도 김준호라고 하지 않았니?"

"그건 귀담아듣지 못했어. 김준호라고 한 것도 같기도 하고…."

"시간 많으니 이따가 확인해 보자."

"그래, 엄마."

준표가 헛기침하고 출입문을 응시하자, 문 여는 소리가 들렸고 승려복을 입은 이가 목탁을 치며 교육관으로 들어왔다. 모두 눈이 휘둥그레지는 사이 요셉 신부가 말했다.

"스님 어서 오십시오. 멀리서 오시느라 수고 많았습니다."

"신부님, 이렇게 환영해 주시니 정말 감사합니다."

객석에서는 신부님 출판기념회에 스님이 왜? 의아한 눈초리로 수군거리는 소리가 들렸다. 김준표 요셉 신부는 놀란 손님들에게 스님을 소개했다.

"스님은 저의 친형님으로 본명은 김준호, 법명은 동진이십니다. 쌍둥이인데 3분 먼저 나왔다고 형님이랍니다. 하하."
"신부님, 어렸을 때의 일인데 아직도 서운하십니까?"
"아니요, 아닙니다. 자리에 앉으십시오."

짝짝짝….
의아해하던 사람들이 모두 큰 박수로 환영했다.

"자, 이제 본격적으로 이 소설에 대해 이야기하겠습니다. 아까 필명이 김동진인 데는 사연이 있다고 했는데 바로 스님의 법명을 썼던 것입니다. 그럴 수밖에 없었던 것은 사실 이번에 출판한 책은 스님께서 이미 습작해 놓은 것을 제가 살을 조금 붙이고 빼며 편집만 했기 때문이었습니다. 이 소설은 유신 시절의 얘기인데 스님께서는 당시 상황을 소문으로는 들었을 뿐, 확인할 방법이 없었답니다. 그래서 친구의 아버지를 설득해 얻어낸 자료를 바탕으로 책을 쓰려고 했으나 5.18 때 계엄군에 쫓기고 수배당해 정리할 시간이 없었습니다. 저도 당시 계엄군에 쫓기다 총상을 입고 수도원에서 요양하던 중 제게는 대부이시기도 한 스테파노 원장 신부님께서 저의 주소를 찾으셨고 상황 설명을 해주셨지요. 저는 어느 정도 요양을 마치고 집에 갔는데 말 그대로 폐가나 마찬가지였습니다. 방이며 부엌의 모든 게 엎어지고 깨지고 멀쩡한 게 없었습니다. 그래도 혹시 뭐 남은 게 없을까. 집 안을 살피다가 다락방에 남겨진 가족사진과 스님의 습작 노트를 가지고 나왔습니다. 즉, 이 책의 원작자는 김동진 스님이신데 제가 형님의 습작을 소중히 여겨 스님의 법명을 필명으로 쓰게 된 것입니다. 이제 스님께서 이어가시겠습니다."

동진 스님은 합장을 한 후 요셉 신부의 말을 이었다.

"안녕하십니까. 저는 멀리 강진에 있는 한 사찰에 머물고 있는 동진이라고 합니다. 조금 전 신부님 말씀처럼 저희는 쌍둥이 형제입니다. 그런데 학교는 함께 다니지 못했습니다. 이유는 저희 작은아버지께서 아들이 없었고 딸만 둘이어서 신부님을 양자로 삼았답니다. 그래서 저와 함께 같은 집에서 살지 못하고 작은아버지가 사시는 나주에서 학교를 다니셨지요. 그래도 매주 반공일, 그러니까 요즘 말로는 토요일이 되겠네요. 그때는 집으로 찾아와 하룻밤을 자고 갔습니다. 그러다가 신부님이 고등학교 3학년 1학기 때 작은아버지와 작은어머니가 교통사고로 동시에 돌아가셨습니다. 자연스럽게 저희는 같이 지내게 되었지요. 이후 대학에 들어간 첫해에 박정희 전 대통령의 피살과 전두환이 주도한 12.12 신군부 쿠데타가 일어났지요. 그리고 이듬해인 2학년 때 광주를 피바다로 만든 5·18이 터졌습니다. 우리는 이후 서로 소식을 모르다가 박근혜 전 대통령의 탄핵 집회에서 36년 만에 만나게 되었답니다. 그때 불교와 천주교, 개신교 등이 성명을 발표하고 시가행진을 하던 중 참가한 성직자들이 저와 신부님이 너무 닮았다고 하기에 한적한 곳을 찾아 깊은 대화를 나눴습니다. 부모님의 이름과 생년월일과 친가와 외가의 위치, 작은아버지의 이름과 주소 등 추억을 더듬으며 무엇보다도 저희 둘의 생일이 한날한시라는 것을 확인했습니다. 바로 우리는 친형제라는 것을 확인했고 그로부터 우리는 매년 한두 번씩 정기적으로 만나고 있습니다. 그리고 작년 12월 3일 내란이 일어난 후부터는 주말마다 올라왔는데 신부님께 신세를 많이 지고 있습니다."

"엄마 어떻게 된 거야? 닮아도 너무 닮았네."
"그러게. 근데 누가 준호 씨지?"
"어, 나도 얼굴만 보느라 헷갈려."

사회를 보는 이영희 안나 수녀가 일어나 말했다.

"신부님과 스님의 소개 말씀을 들었는데 36년 만의 재회, 종교는 달라도 변하지 않는 형제애가 정말 감동적입니다. 이제 여러분의 질문 시간입니다. 저녁 식사 예약이 여섯 시라 시간이 넉넉하지는 않군요. 세 분 정도만 짧게 질문하십시오."

중년의 남자가 손을 들며 일어섰다.

"그런데 말입니다. 작년에 출판되자마자 구해서 줄거리를 읽었습니다만, 유신 시대 때 그런 일이 있었던 것이 사실인가요? 전혀 근거 없이 박정희 전 대통령을 독재자라며 폄훼하는 것은 아닌지요. 교과서는 물론 제가 수십 년째 읽어온 신문에서도 그런 내용은 본 적이 없어요. 그렇다면 있지도 않았던 일을 소설이라는 장르를 빌려 실제로 있었던 일인 듯 꾸미는 것은 왜곡된 역사를 주입시키려는 의도가 아닌지 의심스러울 뿐입니다. 두 분 중 누구라도 설명해 주세요."

동진 스님이 나섰다.

"소설은 지금으로부터 반세기 전인 1975년에 일어난 '인혁당 재건위 사건'을 소재로 한 것입니다. 연세로 보아 그 당시에 선생님은 세상에 아직 발을 내밀지도 못했을 것입니다. 저는 당시 중학생이었으나 누가 알려주지 않았습니다. 그러다 풍문으로 듣던 일이 사실이었다는 것을 알게 됐고 고등학교 2학년 때부터 좀 더 깊이 파고들었습니다. 암암리에 자료를 수집하고 이를 세상에 알려야겠다고 준비하던 중 5.18 민주화운동이 일어났고 저는 십수 년을 수배자 신세로 바깥에 나올 수 없었습니다. 다행이라고 해야 할지 모르겠습니다만, 그 사건은 이미 무죄로 판명이 났습니다. 사건을 만든 것은 박정희 유신정권이었습니다. 박정희는 정권 연장을 위해 뭔가가 필요했습니다. 당시, 아니 지금도 공산주의에 대해 국민은 치를 떱니다. 그래서 박정희는 이를 이용했던 것입니다. 스스로 남로당 출신이라는 것을 감추고 5.16 쿠데타를 정당화하기 위해 국가의 정체성을 반공으로 삼았죠. 영구 집권을 위해서는 간첩 한두 명으로는 국민이 놀라지 않습니다. 따라서 더 큰 희생물이 필요했는데 그것이 '인혁당 재건위 사건'입니다. 무고한 청년들을 공산주의라는 누명을 씌워 판결 18시간 만에 8명에게 사형을 집행합니다. 이에 국제앰네스티(Amnesty International)는 이날을 '사법살인의 날'이라고 명명했을 정도인데 정작 우리 국민의 대다수는 모르고, 따라서 공식 추모식도 없습니다.

여기서 제가 말하고 싶은 것은 아직 진실 규명이 끝난 것은 아니지만, 4.3 제주 학살이나 5.18 민주화운동에 대해서는 정부 차원에서 사죄하며 기념합니다. 그러나 1975년 4월 9일에 대해서는 침묵합니다. 지난 2007년 재심에서 무죄 판결을 받았으나 죽은 사람이 살아오지는 않습니다. 저는 이를 대중에게 알리고 싶었습니다. 제가 완성하지는 못했지만, 요셉 신부님께서 더 많은 자료를 수집하시고 이를 세상에 내놓았습니다. 소설이다 보니 내용이 가감된 부분도 있을 것입니다. 하지만 전체적으로는 역사의 한 부분을 후대에 전하기 위한 사실적인 기록인 것은 분명합니다."

"그동안 우리 역사에는 수백수천의 백성들이 권력에 의해 짓밟히고 죽어가기도 했습니다. 일부에서 건국의 아버지라 불리는 이승만도 얼마나 많은 양민을 학살했습니까. 그런데 고작 8명 죽은 거 가지고 이를 소설화시킨 이유는 무엇입니까?"

"허허 고작이라고요? 요셉 신부님이 책을 낸 이유가 바로 거기에 있습니다."

"그게 무슨 말이죠?"

"이해합니다. 교과서에는 안 나오죠. 하지만 여러분이 모르는 사이 권력에 의해 많은 사람이 무고한 죽임을 당했습니다. 모두 억울한 죽음이죠. 다만 이 사건의 희생자를 기억해야 하는 것은 전시도 아닌데 악법을 빌려 누명을 씌운 뒤 죽였다는 것이죠. 유가족들도 연좌제로 인해 숨어 살아야 했습니다. 따라서 이 소설은 여덟이 아니라 80명, 800명의 희생을 그린 것입니다. 한 명이라도 억울한 사람이 없어야 한다는 메시지를 전달한 것입니다."

"……."

이영희 안나 수녀는 더 질문할 분 없냐며 이리저리 훑어보았다. 40대로 보이는 여자가 손을 들고 일어섰다.

"신부님 지난 1월에 이곳에 오셔서 눈을 온몸으로 맞고 있는 사람들에게 화장실을 개방하시고 따뜻한 물과 간식을 제공해 주신 점 정말 고마웠습니다. 그런데 아직 이해가 안 되는 건 탄핵 찬성 시민뿐만 아닌 탄핵을 반대하는 시민들에까지 따뜻한 물을 주시고 온풍기를 틀어 주셨어요. 저는 그 이유가 무엇인지 궁금합니다."

선희와 아름이는 속이 뜨끔했다. 둘은 당시 탄핵 반대편에 섰었고 화장실이 급해 태극기와 성조기를 감추고 이곳에서 몸을 녹인 적도 있기 때문이다. 김준표 요셉 신부가 말을 이었다.

"어떤 이유가 있어서가 아닙니다. 응원봉을 들었든 성조기를 들었든 우리는 모두 하느님의 자녀입니다. 정치적인 성향이 다르다고 누구를 혐오하고 적대시하는 것은 예수님의 가르침이 아닙니다. 그날 봉사하시던 신부님, 수사님, 수녀님들 대부분은 누가 탄핵 반대 세력이고 찬성 세력인 것을 이미 눈치채셨을 겁니다. 그럼에도 탄핵 찬성파와 반대파에 똑같이 따뜻한 물과 간식을 제공하고 몸을 녹일 수 있도록 온풍기를 가동시켰습니다. 다른 이유는 없습니다. 앞서 말씀드렸듯이 우리는 모두 하느님의 자녀이기 때문입니다."

또 한 명의 여자가 손을 들었다.

"신부님, 이 소설의 주인공들이 모두 죽던데 좀 아쉬

웠습니다. 왜 결말을 그렇게 하셨는지요?"

요셉 신부가 다시 마이크를 입에 댔다.

"그런 말씀 많이들 합니다. 대부분의 영화나 드라마, 소설들이 그렇죠. 모든 역경을 이겨내고 끝내 성공하고 행복하게 사는 그림들이죠. 하지만, 이 소설은 픽션이 아니라 당시의 상황을 고발하는 것이 목적이었기 때문에 상상이 파고들 틈이 거의 없었습니다. 32년 만에 무죄로 판명이 나긴 했습니다만. 그렇다고 억울하게 죽은 여덟 명이 부활한 것이 아닙니다. 또한 이 사건으로 가족들은 30년이 넘는 세월을 손가락질당하며 살았습니다. 혹시 자신에게도 화가 미칠까 봐 인연을 끊고 살았던 친인척들이 부지기수입니다. 무죄 판결로 그들의 한이 풀렸을까요? 배상금 좀 받았다고 행복할까요? 더구나 배상금 중 계산이 잘못됐다며 일부를 반환하라는 판결이 나오기도 했습니다. 모 씨는 배상금을 6억 받았는데 원금과 이자까지 정부에 토해낼 돈이 15억입니다. 최근에 일부 조정이 되어 이자 면제나 원금 분할

납부 등의 조정이 있다는 말이 있던데 '인혁당 재건위'를 만든 것도 국가고 배상금 계산을 잘못한 것도 국가입니다. 왜 영령과 가족들을 우롱하고 두 번 죽이려고 하는 걸까요? 따라서 반세기가 지난 이 사건은 아직도 끝나지 않았습니다. 어떻게 해피 엔딩으로 마무리 지을 수 있겠습니까?"

모두 고개를 끄덕였다. 안나 수녀는 다른 질문은 없느냐는 눈길로 실내를 훑었으나 준호와 준표의 소개도 있었고 미리 읽은 사람들이 대부분이어서 굳이 손을 들지는 않았다. 눈치를 보던 아름이가 선희를 대신해 손을 번쩍 들었다. 수녀는 알겠다며 짧게 질문하라고 했다.

5 더 깊은 곳으로

"저기요…."
"자매님 하고 싶은 말씀 하세요."
"어어흑 흑 어…."
"자매님, 왜 그러세요?"
"소설과 다른 질문도 가능한가요?"
"네, 그러세요."
"저기요. 어느 분이 김동진이시고 어느 분이 김준호 신지요?"
"아까 스님과 신부님께서 말씀하셨는데 못 들으셨나 보네요?"
"얼굴도 똑같고 필명과 법명이 헷갈려서 자세히 좀 알고 싶어서요. 죄송합니다."

"그럼, 마이크를 신부님과 스님께 넘기겠습니다. 자매님 앞으로 좀 더 앞으로 나오시겠습니까?"

안나 수녀의 안내에 따라 아름이는 앞으로 나갔고 숨을 크게 들이마시고 질문을 이어갔다. 선희는 여전히 가슴만 조이고 있을 뿐이다.

"김동진 작가님, 아니 신부님 고향이 광주 맞으세요?"
"네, 맞습니다. 고등학교 때까지 거기서 살았습니다."
"스님 고향도 광주이신지요?"
"허허 호구조사 나오셨나요? 신부님과 함께 살았지요."
"신부님, 신부 되시기 전에 여자랑 사귄 적 있으세요?"

아름이의 당돌한 질문에 하객들은 재미있는 질문이라는 듯 가볍게 웃기도 하고 감히 신부님 앞에서 무례하다며 눈살을 찌푸리는 모습도 보였다. 선희는 귀를 쫑긋 세웠다.

"신부가 되기 전에 여자를 사귀었어도 정결을 지켰다면 문제가 되지는 않겠지요. 하지만 저는 자매님이 알고 싶어 하는 여자가 없었습니다. 제가 아는 여자는 어머니와 작은어머니밖에 없습니다. 하하."

"죄송합니다. 그럼, 스님도 젊었을 때 애인 없으셨나요?"

"허허, 절간에 여자가 어딨겠소."

"절에 오시는 분 말고 출가 이전에 사귀었던 분 말씀 드리는 겁니다."

"글쎄, 산에 들어온 지 반세기가 다 되어가니 가물가물합니다."

"원래 존함이 김, 준 자, 호 자이십니까?"

"그렇소. 김준호 맞소이다."

"혹시, 이선희 씨 아시나요? 고등학교 때 함께 다니던…."

"어렴풋이 기억이 나는군요. 미국으로 이민 갔다고 들었는데 잘 살 테지요."

"이민이요?"

"그렇소. 내가 산에서 피신하다 7년 만에 내려갔는데

집주인이 바뀌었더군요. 그래서 혹시 이사를 어디로 갔냐고 물었더니 미국으로 간 걸로 안다고 합니다."
"죄송하지만 지금도 이선희 씨를 보고 싶거나 찾고 계시나요?"

하객들은 드라마를 보는 듯 동진 스님과 아름이의 문답에 앞으로 어떻게 될 것인지 궁금하기만 하다. 조금 전 신부님께 무례하다며 눈살을 찌푸리던 사람들도 두 사람의 입만 바라보고 있다.

"다 스쳐 간 인연일 뿐이오. 이제 와 보고 싶은 사람을 찾은들 어디에 쓰겠소. 한번은 미련이 남아 앞서 말했듯이 7년 만에 내려갔는데 선희 씨는 이미 미국으로 떠난 뒤였죠. 물론 미국으로 떠나지 않았어도 누군가와 가정을 꾸리고 있었겠지요. 그때부터 나는 선희 씨가 내 사람은 아니라고 단정하고 인연의 끈을 놓았소. 다만, 말씀하신 선희 씨께 미안한 감정은 한동안 남아 있었소."
"혹시 이 자리에 선희 씨가 계신다면 만나실 용의가 있으신지요?"

실내를 두루 살피던 준호는 머지않아 익숙한 얼굴을 발견했다. 오랜 세월이 흘렀지만, 분명했다. 1분 정도 눈을 감고 생각에 젖었다. 그리고 말했다.

"이 또한 인연이니 못 만날 이유는 없지요."

뒤쪽에 앉아 있던 선희는 기석이를 남겨두고 눈물을 머금고 앞으로 나왔다.

"스님, 제가 이선희입니다. 불쑥 나타나 죄송합니다만, 이런 곳에서 만날 줄을 꿈도 꾸지 못했습니다."
"그렇군요. 저도 이곳에서 만날 줄은 정말 몰랐습니다. 나이가 드셨어도 얼굴은 옛날 그대로 고우시군요."
"부끄럽습니다. 스님, 얘는 스님의 딸입니다."

선희가 아름이를 가리키며 딸이라고 하자 하객들은 서로 얼굴을 마주하며 놀라는 표정으로 수군거렸다.

"어머머, 스님이 딸이 있다니…. 스님은 원래 독신이

잖아?"

"자매님, 다 그런 건 아니에요. 성철 스님 아시죠?"

"성철 스님 모르는 분 없을 거라고 생각해요."

"그래요. 그 유명한 성철 스님도 부인과 딸 버리고 출가했어요. 나중에 부인과 딸도 스님이 되시고요."

"그래요? 첨 듣는 얘기네요."

"그리고 동진 스님은 정식으로 결혼도 하지 않았어요. 아마 5.18 때 임신시키고 수배를 피해 산으로 가셨으니 딸인지 모를 수도 있을 것 같아요."

하객들은 스님의 반응이 어떨지 다시 앞으로 시선을 모았다.

"허허, 세월이 참 빠르군요. 중년의 부인이 딸이라니 놀랐습니다."

"45년 만에 이렇게 만날 수 있다니 감격스러울 뿐입니다. 흑흑…."

그때 이영희 안나 수녀가 마이크를 들었다.

"동진 스님께서 45년 만에 이산가족 상봉을 하셨네요. 아직 하실 말씀이 많으실 것 같군요. 그런데 여기는 다른 행사가 있어서 다섯 시 반까지는 비워줘야 해요. 식당으로 가셔서 나머지 말씀 나누시면 되겠습니다. 우리 데레사 수녀님께서 안내하실 건데 걸어서 5분이면 됩니다. 휠체어 타신 분 조심히 모시고요."

식당은 한식집으로 굉장히 넓었다. 예약된 방도 웬만한 식당 크기로 일부 수사와 수녀가 합석했는데도 남은 자리가 있었다. 한쪽에는 노래방 기기도 보였다. 선희와 아름이는 식당의 크기에 놀라지 않을 수 없었다. 모두 착석하자 안나 수녀가 일어나 말했다.

"우선 이 식당을 고르는 데 애써주신 김덕배 베드로 수사님께 감사드립니다. 동진 스님이 편하게 드실 수 있는 메뉴도 중요했고 오늘 참석하시는 분들을 위해 식당의 크기 등을 맞추느라 몇 군데를 답사하고 여기로 정했습니다. 수고하신 김덕배 베드로 수사님께 감사의 박수 보내주시기 바랍니다."

짝짝짝….
"수고하셨습니다."

안나 수녀가 앉자 준표가 일어섰다.

"자, 이 자리는 공식적인 행사가 아닌 뒤풀이 자리라고 생각하시면 됩니다. 따라서 이제부터는 허심탄회하게 수다를 떨어도 된다는 거죠. 순서도 지명도 없으니 자발적으로 하시면 됩니다. 그럼 저부터 시작해 볼까요?"
"네."
짝짝짝….
"가족사가 되겠습니다마는 동진 스님, 아니지 오늘 이 시간에는 3분 형님이라 하겠습니다."
"하하하, 호호호…."

웃음소리와 박수 소리가 한동안 이어졌다.

"그리고 이선희 자매님은 이 시간부터 형수님이 되고 김아름 자매님은 조카가 되고 김기석 형제님은 제 손자가 됩니다. 맞습니까?"

"오우~ 맞습니다."

"3분 형님도 오늘 이 자리에서만큼은 저를 준표 동생이라고 하십시오. 3분 차이지만 저도 이 자리에서는 준호 형님이라고 호칭하겠습니다. 여러분, 괜찮습니까?"

"네, 그러고 보니 더 닮아 보입니다. 하하…."

잠시 후 그야말로 상다리가 휘어질 정도의 상이 차려졌다.

삼겹살, 보쌈 등 고기 종류도 많았지만, 준호도 거리낌 없이 먹을 수 있는 청국장, 두부찌개, 파김치, 파전, 감자전, 쌈 채소 등도 수북했다. 소주와 막걸리, 맥주도 따라 나왔다. 준표가 술잔을 들고 목소리를 조금 높이며 외쳤다.

"여기 계신 형제자매님들의 건강과 가정의 평화를 위하여!"

"위하여! 위하여!"

"준호 형님, 곡차 한잔 받으시죠?"
"아냐, 동생이나 드시게나."
"제가 출판기념회를 언제 또 하겠습니까? 딱 한 잔만 받으세요."
"그럼, 조금만 따르시게."
"자, 홍도야 목사님께서도 한 잔 받으시고 식전 기도 부탁드립니다."

좌중 여기저기에 웃음을 참느라 입을 가리기도 하고 고개를 방바닥으로 숙이기도 하는 모습이 펼쳐졌다.

"하나님 아버지 김 요셉 신부님의 출판기념회를 무사히 마치게 해주셔서 감사합니다. 또한 오늘 우리에게 일용할 주(酒)님을 주셔서 따블로 감사합니다. 다만 만취에서 구하소서."
"키킥… 목사님, 홍도야가 실명이십니까?"
"네 그렇습니다. 저의 아버지께서 술집에서 친구들과 한잔하시다가 지으셨다는데… 놀림 많이 당했습니다. 요셉 신부님도 가끔 놀려요. 하하."

"놀림 많이 당하셨을 것 같아요. '홍도야 울지마라 주(酒)님 있다~ 호호, 아하하…."

"그래서 개명할까도 했는데 뜻풀이를 듣고는 그대로 쓰고 있습니다."

"뜻이 뭔데요?"

"성은 홍 씨니 바꿀 생각도 못 했고 알고 보니 도야(陶冶)는 '질그릇 도'에 '꾸미다 야'로 훌륭한 사람이 되기 위해 몸과 마음을 다스리라는 뜻이랍니다."

"아, 그렇게 깊은 뜻이 있었군요."

준표는 새삼 놀란 척하며 모두에게 자신들이 선호하는 술을 따랐고 첫 잔은 모두 원샷 하자고 했다. 절반 정도는 따라 했으나 나머지는 입술만 대기도 했다.

식사를 거의 마치고 술잔을 몇 번 마주친 후였다. 문으로부터 제일 끝자리에 있는 50대 여자가 손을 들며 말했다.

"안나 수녀님, 아까 동진 스님과 이선희 자매님의 이야기를 더 듣고 싶어요. 드라마 같던데 결말이 궁금해요."

마시지 못하는 술을 한잔한 선희가 얼굴을 붉히며 자리에서 일어나는 순간 다리가 휘청거렸다.

6   **재회의 꿈**

"엄마, 왜 그래?"

선희를 일으켜 앉힌 아름이가 걱정된 눈으로 바라보며 발했다.

"엄마, 요즘 걸핏하면 소파에서 굴러떨어지더라? 편하게 침대에 가서 누워!"
"아냐, 못 마시는 술 몇 잔 했더니 다리가 후들거려서 그래. 좀 일으켜 세워. 좀 전에 저기 계신 분이 수녀님께 내 이야기를 하고 싶다고 하셨잖아. 수녀님이 일어나라고 손짓하니 동진 스님과 내 사연을 좀 더 들려드려야지."

"엄마, 술을 마시다니 무슨 말이야?"
"무슨 소리긴? 너도 생생히 보고 있잖아."
"엄마, 왜 그러는 거야?"
"여기 동진 스님이 네 생부고 요셉 신부님이 네 삼촌이잖아."
"……."
"네가 교육관에서 묻고 또 묻고 말을 제일 많이 했잖아."
"엄마, 제발 좀 그만해."
"무슨 말이야. 너랑 기석이랑 우리 셋이 한남동 수도원 갔잖아."
"점점 헷갈리네."
"참 내. 김동진 작가님 출판기념회 한다고 메일이 와서 같이 간 거 생각 안 나?"
"에휴~"

아름이는 가슴이 덜컥 내려앉았다. 12.3 내란 다음 날부터 발생한 증세다. 혹시 치매가 온 걸까? 젊은 치매도 있다고는 한다. 하지만 엄마는 60대 중반인데도 아버지 얘기 말고는 평소에는 정신이 흐트러지거나 아무런 이상 행동도 없었다.

"엄마, 병원에 한번 가보자, 응?"
"병원에는 왜?"
"엄마, 나이도 있고 하니까."
"나 아무렇지도 않아, 괜히 돈 없애고 병원에는 왜 가니?"
"그래도 건강 검진 한 번씩 하는 게 좋아."

아름이는 엄마 선희를 승용차에 태우고 근처 대학병원에 들렀다. 안내원은 3층에 정신의학과로 가라고 했다. 대학병원이라 그런지 대기석에는 수십 명이 자기 차례를 기다리고 있었다. 아름이는 한 시간을 기다려 호출을 받았다.

"치매도 아니고 연세에 비해 아주 건강하십니다. 따님이 말씀하신 증상은 많은 사람에게 나타납니다. 예를 들어 자신을 아끼던 부모나 형제, 연인 등이 돌아가셨거나 행방불명되었을 때 꿈에 나타나는 현몽과도 같습니다. 가끔 여행도 함께 하시고 어머님과 이런저런 즐거웠던 과거를 떠올리게 하시면 증상은 자연스럽게 사라질 것입니다."

"감사합니다."

아름이는 안도의 한숨을 쉬었으나, 속 시원한 대답은 아니다. 선희를 집에 내려주고 혹시나 하고 엄마가 말했던 수도원으로 차를 몰았다. 망설이다 문을 열자, 수녀 한 명이 반기며 인사했다.

"자매님 어서 오세요."
"안녕하세요. 뭐 좀 물어봐도 될까요?"
"네, 제가 아는 만큼 답변드리겠습니다."
"혹시 최근에 여기서 출판기념회가 있었는지요?"
"아, 최근에는 없었고요, 이달 19일에 있습니다."
"이달에요? 작가는 누구신데요?"
"네, 김준표 요셉 신부님입니다. 포스터를 보시면 자세한 일정이 나와 있습니다."

"신자가 아니어도 되는지요?"
"그럼요. 누구나 오셔도 됩니다."
"그럼, 그날 뵙겠습니다."
"네, 안녕히 가십시오."

아름이는 혼란스러웠다.
저자 김준표 요셉 신부, 원작자 김준호 동진 스님? 원작자 김준호, 김준호, 김준호…. 엄마가 평생 잊지 못하고 내가 그렇게 보고 싶었던 아버지가 동진 스님?
그리고 엄마는 보름 뒤에나 있을 출판기념회를 어떻게 알았을까? 혹시 내 몸에 이상이? 아름이는 며칠 전 선희를 데리고 갔던 병원으로 다시 차를 몰았다. 그리고 정신의학과를 찾았다.

"며칠 전 어머님이랑 같이 오셨던 분이죠. 어머니는 좀 나아지셨나요?"
"그게 아니고 이번에는 제가 상담을 받고자 왔습니다. 최근에 있었던 일이 전혀 생각이 안 나요. 그래서 엄마가 무슨 말을 할 때마다 짜증 내고 나무라기만 했어요."

"일종의 건망증으로 보이는데 지금 연세에 많이들 있습니다. 좀 더 세밀한 진단을 위해 뇌파검사를 한번 받아보시죠?"

아름이는 예약한 날짜에 다시 병원을 찾았다.

"최근에 어떤 큰 충격을 받은 일이 있으세요?"
"최근이라고 하긴 그렇지만 오래전부터 가슴에 응어리가 남아 있어요. 이제까지 생부 얼굴도 모르고 참고 살아왔어요. 그런데 작년 가을에 소설을 한 권 사서 읽었는데 저자 또는 주인공이 꼭 저의 아버지라는 생각에 울렁증이 생겼어요. 아, 최근이라면 지난봄 대통령 탄핵 사건인데 엄마랑 저는 탄핵 반대편에 있었거든요. 결과는 충격적이었죠."
"그렇군요. 대통령 파면은 되돌릴 수 없으니 인정하는 쪽으로 생각하시고요. 무엇보다도 생부님을 만나면 바로 나을 수도 있겠군요. 크게 걱정하지 마세요. 예전엔 남북 가족 상봉도 있었는데 살아계신다면 꼭 만나실 수 있을 겁니다. 우선 안정제 일주일분 처방해 드릴 텐데 일주일 뒤에 다시 오세요."

"알겠습니다."

 아름이는 소설을 읽고 놀랐었고 엄마에게 보챈 것까지는 기억이 생생하다. 그러나 전후 사정이 연결되지 않는다.

 출판기념회 날짜에 맞춰 선희와 기석이를 태우고 프란치스코 수도원의 교육관으로 차를 몰았다. 행사는 엄마가 말한 대로 진행되었다. 다만 엄마의 기억처럼 스님과 대화할 기회는 없었다. 감사 미사를 마치고 저자와 원작자의 소개가 있었고 간단한 줄거리를 소개했다. 그리고 질문 시간이 있었는데 '출판비는 얼마나 들었는지, 현재까지 몇 부나 팔렸는지' 등의 질문들이었다. 출판에 대해 문외한인 아름이가 질문할 내용은 없었다.

 안나 수녀의 안내처럼 뒤풀이에 가서 궁금한 것을 알아보려 했으나 스님은 다른 일정이 있다며 식당에 들르지도 않고 택시를 잡기 위해 서 있었다. 아름이는 동진 스님에게 뛰어가 주소와 전화번호를 알려달라고 했으나 전화는 없다며 주소만 알려줬다. 집으로 돌아온 아름은 선희에게 말했다.

"엄마, 내가 잘못 알고 있었어. 엄마가 아빠 얘기를 할 때 나는 엄마 말을 거의 무시했잖아. 미안해. 그런데 오늘 얘기는 나누지 못했지만 동진 스님이 아버지라는 확신이 들었어. 이제 주소도 있으니 직접 찾아서 얘기를 나눠보고 싶어."
"나도 하객들 눈치 보느라 한마디 말도 걸지 못하고 눈물만 흘렸다. 언제 날 잡아 한번 가보자. 검색해 봤더니 여기서 강진까지 꽤 멀더라."

7. 동진 스님을 찾아서

아카시아꽃 향기가 코를 자극하는 유월이다. 시끄러웠던 대선도 끝났다.

선희와 아름이는 전 대통령의 파면 이후 정치 뉴스는 거의 보지 않는다. 투표는 하지 않았지만 새로 뽑힌 대통령이 어떻게 이끌어갈지 궁금하지도 않다. 오직 좀 조용했으면 하는 마음뿐이다.

선희와 아름이는 여행 삼아 동진 스님이 있는 강진으로 출발하기로 했다. 주말이면 차가 막힐 것 같아 평일로 잡았다. 일기예보는 비가 내린다더니 예고와는 달리 너무도 맑은 하늘이다. 내비게이션은 강진읍까지 약 6시간이 소요되며 오후 3시경 도착이라는 자막이 떴다. 한 시간쯤 달려 망향휴게소에서 아침 겸 점심을 먹고

밖으로 나왔는데 비가 제법 내리고 있다. 다행히 폭우는 아니어서 아름이는 안심하고 운전대를 잡았다. 한참을 여유 있게 달리는데 비는 폭우로 변했고 앞차는 미끄러져 방벽을 들이박고 멈췄다. 어떻게 알았는지 레커차들이 응급차보다 더 빨리 왔다.

아름이는 차 간 거리를 유지했기 때문에 길이 미끄러웠으나 앞차를 추돌하지는 않았다. 잠시 후 경찰의 안내로 사고 현장을 빠져나와 어둑어둑해질 무렵 강진에 도착했다. 강진은 '남도 1번지'라는 말이 있던데 어두워서 그런지 터미널 주변은 의외로 삭막했다. 몇몇 식당에 불이 켜져 있으나 늦은 밤도 아닌데 길에는 사람이 보이지 않았다.

내비게이션이 안내한 '탐진사'까지는 2km 남짓으로, 장흥 쪽으로 1km를 가다가 오른쪽 언덕길로 1km를 오르면 된다. 그런데 언덕으로 핸들을 꺾던 아름이는 난감했다. 길은 차가 다닐 수 없는 돌계단으로 되어 있었다. 다른 길은 없냐고 묻고 싶어도 동진 스님에게는 전화가 없어 인터넷 검색을 통해 탐진사 연락처를 찾았다. 전화를 받은 사람은 젊은 남자의 목소리다.

"네, 그 길밖에 없습니다. 무슨 일로 오시는지요?"

"동진 스님을 뵈러 왔습니다."

"원로 스님은 현재 이곳에 계시지 않습니다."

"그럼, 언제 오면 뵐 수 있을까요?"

"주소는 이곳으로 되어 있으나 스님께서 머무는 날은 1년에 한두 달입니다."

"언제쯤 오면 되나요?"

"스님의 일정을 아는 사람은 없습니다. 즉 어느 계절에 여기로 오실지 아무도 모른다는 것입니다."

"그럼, 지금 어디에 계시는지도 모르겠네요?"

"그렇습니다. 스님은 한곳에 오래 계시지 않고 전국을 순회하십니다."

"어디를 많이 가시는지 짐작되는 곳도 없나요?"

"작년 12.3 내란 이후 주로 서울, 경기 쪽에 계시는 걸로 알고 있습니다."

"감사합니다."

"네, 조심히 가십시오."

'탐진사'를 검색하고 미리 연락하고 왔어야 했다는 후

회가 밀려왔다. 선희도 한숨으로 낙담을 표현했다. 아름이는 불법 유턴으로 다시 강진 터미널 쪽으로 차를 몰았다. 하지만 좀 전처럼 터미널 내 식당 서너 곳과 편의점 한 곳 외에는 불 켜진 곳이 없었다. 선희는 "여기도 가게들이 망해가는구나."라며 혼잣말을 했다. 드문드문 모텔이 보였으나 선희는 그냥 올라가자고 재촉했다. 아쉬움과 허탈함으로 마음을 둘 데가 없기 때문이었다.

새벽에 선희의 집에 도착한 둘은 한동안 말없이 천장만 쳐다보다가 아침노을을 맞았다. 아름이는 출판기념회 때 찍은 요셉 신부와 동진 스님의 사진을 몇 번이고 보고 또 보며 소리 없이 울 뿐이었다. 점심때쯤 기석이 나타났다.

"엄마, 배고파."

"너 밤새 어디를 쏘다니다가 이제 와서 무슨 밥 타령이야?"

"참 내, 입대 전에 친구들 좀 만나고 다니는 게 문제야?"

"정도껏 싸돌아다녀."

"알았어. 좋은 소식 하나 알려줄게."

"좋은 소식이라니 애인이라도 생겼니?"

"애인은 제대하고 만들면 되고, 이달 말에 김동진 작가님 특강이 있어."

"이달 말이면 언제를 말하는 거야?"

"30일."

"신부님이야, 스님이야"

"그건 잘 모르겠는데 특강 제목이 '세상을 구하지 못한 석가와 예수'야."

"예수님은 구세주이신데 세상을 구하지 못했다니? 할머니는 잘 모르겠다."

"무슨 말을 할지 몰라도 제목만 봐도 엄마는 무서울 것 같다."

"엄마, 철학 강의이긴 한데 작년에 사회 과목 수강했을 때 작가라서 그런지 참 재밌었어."

"보름도 남지 않았네. 어쨌든 엄마는 남남은 아니라는 확신이 있으니 가보자."

8   뒤섞인 현실과 환상

선희와 아름이 기석이는 일찍 도착해 맨 앞자리에 앉았다. 강연 시간이 다가오자 사람들은 몰려들었는데 고등학생부터 30~50대까지 연령층이 다양했다. 잠시 후 김동진 작가가 등장하자 박수가 터졌다. 그런데 또 한 사람이 따라 나왔다. 선희와 아름이, 기석이는 다 알지만, 나머지 사람들은 의아해했다. 다만 쌍둥이 같다는 귓속말들이 오갔다. 준표가 입을 열었다.

"안녕하십니까? 이렇게 함께해 주셔서 정말 감사합니다. 아, 저는 세례명이 요셉인 가톨릭 신부 겸 소설가인 김준표입니다. 그리고 옆에 계신 분을 소개하겠습니다. 이분은 저와 쌍둥이인데 3분 일찍 세상에 나오신 형님이십니다. 법명은 동진이고 세속명은 김준호인 동진 스님이십니다. 환영해 주시기 바랍니다."

순간, 청중들의 박수 소리가 강당을 흔들었다. 준표는 박수를 말리며 말을 이어갔다. 선희와 아름이는 가슴이 벅차올랐다.

"앞으로 강연할 제목은 '세상을 구하지 못한 석가와 예수'인데 제목은 호기심이 가겠지만 주제는 상당히 무겁고 어려울 수 있습니다. 수천 년을 이어온 불경과 성경의 역사를 짚어보고 현재 우리는 어떻게 이해하는가에 대한 내용이기 때문입니다. 즉, 어디까지가 신화이고 어디에서부터 진리인가, 또한 같은 경전을 놓고 교파마다 해석이 왜 다른가를 탐구하는 시간이 될 것입니다. 질문도 수시로 받겠습니다. 제대로 강의하자면 최소 100강 정도가 필요하겠지만 저희는 도올 선생님처럼 시간이 많지 않습니다. 저는 월요일을 빼고는 성당에 항상 대기하고 있어야 하고 스님은 이미 초청 강연이 밀려 있습니다. 따라서 첫째와 셋째 월요일은 제가 한 시간씩, 둘째 넷째 월요일은 스님이 한 시간씩 해서 10강으로 요약하려고 하는데 괜찮겠습니까?"
"네, 빠지지 않겠습니다."

여기저기서 박수로 화답했다.

"자 오늘은 첫 미팅으로 이 정도로 하고 다음 주 월요일 저녁부터 정식으로 시작하겠습니다. 서로 친교 나누시고 귀가하면 되겠습니다."
"신부님, 스님. 감사합니다."

모두 흩어졌는데 일부는 귀가하면서 대화하며 다정히 걷기도 했다. 그들이 지나는 길은 먹자골목이다. 아무래도 그냥 귀가하기는 아쉬운 사람들끼리 목을 축일 것 같다. 이제 남은 사람은 준호와 준표 그리고 선희와 아름이 기석이뿐이다. 아름이가 말을 꺼냈다.

"스님, 신부님 늦은 시간이 아닌데 근처 식당에서 저녁이라도 함께했으면 합니다."

준호와 준표는 동시에 시계를 보며 고개를 끄덕였다.

상이 차려지기 전에 아름이는 마음이 급했다. 지난 출판기념회 때 만나 뵙고자 했으나 시간이 없다며 택시를 타고 간 것이 서운했다에서부터 시작해 질문을 퍼부었다.

"스님, 저를 모르시나요? 아니 우리 엄마 이선희를 모르진 않겠죠?"

"……"

"아, 형님, 어렴풋이 떠올라요. 고3 때부터 같이 친하게 지내셨잖아요?"

"……"

"형님 뭐라고 말 좀 해봐요."

"……"

"스님. 저는 스님이 계엄군에 쫓겨 사라진 후 태어났으니 알 수가 없을 수도 있다고 생각합니다. 하지만 엄마는 매년 5월 18일이면 혼자 울어요."

"준표야, 나 먼저 일어선다."

준표가 붙잡으러 따라나섰지만, 준호는 바람처럼 사라졌다. 준표는 난감했다. 자리에 다시 앉은 준표에게 아름이가 용서를 구했다.

"신부님 죄송합니다. 저희 때문에 난감하셨을 것 같아요."
"아니요. 자매님들이 타는 속을 다 이해합니다. 하지만 걱정하지 마세요."
"……."
"다음 달 두 번째 월요일이면 다시 나타날 수밖에 없으니 조급해할 필요는 없어요. 45년을 기다렸는데 2주는 금방 가요."
"기다리겠습니다. 그런데 신부님이 스님과 쌍둥이시고 동생이시라면 제게 작은아버지가 되는 거 아닌가요?"
"하하하, 작은아빠라…. 아주 생소하면서도 나쁘지 않아요. 제게는 일가친척도 없고 오로지 동진 스님뿐인데 괜찮다는 생각이 들어요. 다만, 결혼을 안 했으니 삼촌으로 하면 되겠네요. 이선희 자매님은 형수님이 되시고요. 하하."

"사실 저도 아름이도 신부님이 내신 책을 통해 여기까지 알게 됐어요. 신부님이 아니었으면 평생을 가슴에 묻고 살았겠지요."

"졸필을 통해 얼굴이라도 뵙게 한 것 같아 뿌듯하기도 합니다. 앞으로도 형님을 계속 졸라서 터놓고 얘기할 수 있는 시간을 마련하겠습니다."

"감사합니다."

"신부님, 이제 조카로 받아들이셨으니 말씀 놓으십시오. 좀 거북해서요."

"하하하, 그러지. 그러면 기석이에게는 작은할아버지가 되는 건가?"

"공식 석상에서는 꼭 신부님으로 부르겠습니다. 그리고 이 은혜를 갚는 의미에서 개종하겠습니다."

"굳이 개종할 필요는 없지. 가톨릭교회든 개신교든 다 같은 하느님을 모시는데."

"아름아, 그럼 나는? 스님은 부처님을 모시는데 나까지?"

"하하, 형수님. 그런 게 있군요. 나중에 형님하고 상의

하신 후 결정하세요. 아니, 굳이 개종할 필요는 없어요."
"네."
"신부님 저는요?"
"오호 우리 기석이도 있었지. 그건 강요할 수 없어. 종교의 자유라는 게 있잖아. 천천히 생각해 보고 선택하면 돼."
"네."
"형수님, 사실 형님은 모든 종교를 하나로 봐요. 가끔 성당의 초청을 받아 강연도 하시고 성탄절이나 부활절에는 꼭 오십니다."

선희와 아름이는 눈이 휘둥그레졌다.

"엄마, 우리 교회 목사님이 알면 마귀라고 할 텐데…. 그럼 아빠가 마귀?"
"목사 나름이지. 저번에 신부님 출판기념회 때 목사님도 오시고 했잖아."
"그건 우리 교회 목사는 아니잖아."
"자, 그만하고 오늘은 여기서 일어납시다. 저는 내일

아침 미사가 있어서요."

 선희와 아름이는 매주 월요일 강당을 찾았다. 하지만 둘째, 넷째 주 월요일 강연이 끝나면 준호는 뒷문을 통해 쏜살같이 사라지기 일쑤였다. 7~8월 내내 그랬다. 이제 오늘은 마지막 강연 날인 9월 둘째 주 월요일로 동진 스님이 강연하는 날이다. 그런데 동진 스님이 아닌 요셉 신부님이 왔다.

"오늘이 마지막 날인데 이제까지 잘 들으셨나요?"
"네~"
"저도 좋은 시간이었습니다. 오늘은 원래 동진 스님의 강연이 있는 날인데 부득이한 사정이 있어 지난주에 이어 제가 또 왔습니다. 자, 그러면 시작하겠습니다."

 모두 노트북을 켜거나 필기구를 들고 한마디도 놓치지 않겠다는 자세들이다.
 선희와 아름이는 두 달이 넘게 월요일마다 빠지지 않고 출석했다. 하지만 쉽지 않았다. 수십 년 교회를 다녔지만, 성경이 말하는 진정한 의미에 대해 말해준 사람이 없었다. 또한 불경은 평생 구경도 못 했으니 와닿지 않았다. 속담처럼 마음은 콩밭에 있어서일까? 솔직히 선희와 아름이가 빠지지 않고 참석한 것은 성경이나 불경 공부하러 온 것이 아니다. 동진 스님과 요셉 신부를 보러 오는 것이었고 대화를 나누고 싶었기 때문이었다.

지난번 식당에서 요셉 신부는 강연이 끝나기 전에 어떻게든 동진 스님을 설득하겠다고 했다. 그런데 마지막 날인 오늘 동진 스님에게 부득이한 사정이라니? 선희와 아름이는 강연 시간 내내 속이 탔고 요셉 신부의 말은 하나도 들리지 않았다. 강연이 끝나고 청중들이 썰물 빠지듯 하자 어쩔 수 없이 축 늘어진 어깨를 추스르고 자리에서 일어났다. 그때 요셉 신부가 다가와 나가서 차나 한잔 마시자고 했다.

9 동진사(同珍寺)

 커피숍은 빈자리가 많았다. 스피커에서는 기석이 또래가 즐겨들을 만한 음악이 흐르고 있다. 준표는 소리가 너무 크다며 볼륨을 좀 줄여달라고 부탁하고 조용한 자리를 찾아 선희와 아름이를 먼저 앉힌 다음 의자를 끌어내 앉았다. 성질이 급한 아름이가 먼저 입을 열었다.

 "삼촌, 아버지께 무슨 일이 있어요?"
 "음, 그렇지 않아도 소식을 전해주려고 차 마시자고 한 거지."
 "무슨 일인데요?"
 "너희 아버지께서 지난주에 네 군데나 초청 강연을

하셨어. 차도 없이 대중교통을 이용해서 광주, 부산, 대구, 대전을 다녀오셨는데 너무 과로하신 탓에 쓰러지신 것 같아."

"네?"

"어제 대전 강연 마친 다음 쉬어 가라고 말렸다는데 오늘 강연 있다며 막차로 오신 것 같아."

"어디 많이 다치셨어요? 지금 어디에 계세요?"

"지금 성모병원에 계시는데 뇌졸중이란다."

"네? 뇌졸중요?"

선희와 아름이는 놀란 눈을 치켜뜨고 입을 다물지 못했다.

"삼촌, 지금 상태는 어때요?"

"음, 다행히 혈전용해제로 처치하긴 했는데 후유증이 좀 있을 거라고 했어."

"면회는 언제 가능해요?"

"지금은 중환자실에 있기 때문에 당장은 어렵대."

"그럼 언제 가능한데요?"

"의사 말로는 모레쯤 일반 병실로 옮길 예정이라는데 그때 가면 되겠지."

 준호는 2주일 만에 목발을 들고 퇴원했으나 편마비로 왼쪽 팔은 들지 못하고, 다리는 절뚝거렸다. 목발이 있어도 누군가 옆에서 부축하지 않으면 금방이라도 쓰러질 것 같은 자세다.
 선희와 아름이는 후유증을 최소화시키기 위해 집 근처에 있는 한의원으로 준호를 입원시키고 매일 오전과 오후 교대로 방문했다. 침과 뜸, 물리치료 등 한의원에서 할 수 있는 것은 모두 했다. 2주째 되던 날 한의사가 말했다.

"여기 오기 전보다는 팔을 어느 정도 오르내릴 수 있고, 다리도 힘이 좀 들어갑니다. 다만, 뇌졸중에 의한 편마비는 어디에서도 완전 치료가 없습니다."
"그럼 어떡해요?"
"이제부터는 자신과의 싸움이죠."
"무슨 말씀이죠?"

"힘드시겠지만 매일 운동을 하셔야 합니다. 집에서는 팔을 자주 올렸다 내렸다 하는 운동을 반복하시고 밖으로 나와서는 꼿꼿이 서서 걷는 연습을 하세요. 너무 무리하지는 마시고요. 처음엔 100m, 며칠 후엔 200m 이런 식으로 늘려 가시면 돼요."
"네 그동안 수고하셨습니다."

한의사의 지시에 따른 덕분인지 준호는 하루하루 나아졌고 이제 지팡이만 있으면 웬만한 곳은 다 찾아갈 수 있을 정도다.

"아버지, 이제 말씀 좀 해보세요. 퇴원하시고 매일 '헛되도다'만 되풀이하시고 왜 아무 말씀도 안 하세요?"
"준호 씨! 저희가 뭐 잘못한 게 있어요? 무슨 말씀이든 해주세요."
"헛되도다."

준호는 병원에서 입원 2주, 그리고 한의원에서 2주의 물리치료를 받고 퇴원했지만, 한 달이 지난 지금까지도 선희와 아름이에게 말을 건넨 적이 없다. 식사는 하루 두 끼를 하는데 한 번에 반 공기도 비우지 않았다. 식사가 끝나면 바로 방으로 들어갔고 불경을 외우며 염주 굴리는 것으로 하루하루를 지냈다. 사흘에 한 번씩 들러 설득하던 준표도 짜증이 나기 시작했다.

"형님, 왜 이렇게 묵묵부답이에요? 불경에 주변 사람 속 터지게 하라는 구절이라도 있어요? 형수님과 아름이도 생각하셔야죠. 오늘도 아무 말씀 안 하시면 저도 앞으로 들르지 않겠습니다."
"아버지, 삼촌 말씀대로 무슨 말씀이라도 하세요. 엄마랑 제가 부족한 것이 많겠다는 생각은 들어요. 하지만 말씀을 해주셔야 고쳐 나가든지 하지요."

준호가 드디어 입을 열었다.

"그동안 신세를 너무 많이 진 것 같다. 이제 떠나야 할 때가 온 것 같구나."
"형님, 지금 어디로 가신다는 거예요. 머물 사찰도 정해진 데가 없잖아요?"

"내가 언제 거처를 정하고 살았느냐? 어디든 가서 수행을 더 해야 할 것 같다는 생각이야."

"형님, 수행을 꼭 산에 있는 사찰에서만 해야 합니까?"

"물론 그건 아니지. 사찰이 집중하기 좋다는 이야기지."

"아버지, 저희가 사찰 하나 얻어 드릴게요. 이제 멀리 가지 마세요."

"아름이 아버지 그렇게 하세요. 이 동네 빈 건물 많아요."

"형님 그렇게 하세요. 다시 산으로 가시면 형수님이나 아름이에게 평생 한을 남기시는 거예요."

"……."

이튿날 선희와 아름이는 부동산을 찾아다니며 사찰로 쓸 만한 건물이 있는지를 물색했다.

하지만, 빈 교회는 많았으나 비어 있는 사찰은 없었다. 가능하면 집에서 가까우면 좋겠다 싶어 나섰으나 빈 사찰은 찾을 수 없었다. 과천까지 넘어갔으나 역시 마찬가지였다. 선희와 아름이는 준호에게 직접 알리기가 두려워 어쩔 수 없이 준표에게 사정을 얘기하며 어떻게 해야 할지 모르겠다며 하소연했다. 준표는 바로 달려왔다.

"형님, 사찰은 나온 데가 없답니다. 빈 교회들은 많다는데 그중 한 곳을 얻어 준비하면 어때요?"
"글쎄다."
"요즘은요. 우리나라뿐만 아니라 외국에서도 교회가 매각되어 다른 형태의 용도로 많이 쓰여요. 예를 들면 교회를 이슬람 성전으로 만든다든가 심지어 술집으로 만드는 경우도 많아요. 따라서 지붕에 십자가가 달렸든 말든 내부를 법당으로 꾸미면 되잖아요."
"네 얘기를 들으니 그것도 괜찮겠다는 생각이 드는구나. 선희와 아름이의 의견은 어떤고?"
"아버지가 괜찮다시면 엄마랑 저랑은 무조건 찬성이에요."

선희와 아름이는 다음 날 집에서 가까운 폐교회 목사와 계약하고 바로 사찰에 걸맞은 인테리어에 들어갔다.

월요일에는 한가한 준표는 선희와 아름이와 함께 사찰에 필요한 모든 성물을 구하기 위해 불교 전용물 판매상을 찾았다. 준표를 본 가게 사장은 깜짝 놀랐다.

"아니, 신부님이 왜 불상이며 불교 물품들을 구하시나요?"

준표도 아차 싶었다. 너무 서두르다 보니 사복이 아닌 신부의 평상복에다 로만칼라도 그대로 끼고 있었다. 준표는 숨을 고르고 대답했다.

"저의 형님이 사찰을 차리시는데 동생인 제가 잔심부름이라도 해야죠. 신부가 불상을 구하니 이상한가요?"
"아니, 그게 아니고 처음이라서요."
"하하, 놀라실 만도 하겠군요. 하지만, 스님이 십자가를 들고 있으면 어떻고 신부가 염주를 굴리면 안 되라는 법이라도 있나요?"
"그야 그렇지요."
"형님이 사찰을 꾸미시는데 동생이 도와주는 것이 잘

못은 아니지요. 특히 저희 형님은 스님이면서도 성당에 오셔서 강연을 자주 하십니다. 유명 강사이시죠. 그리고 성탄절과 부활절 미사에 빠지지 않고 참여하신답니다. 그에 비하면 제가 잔심부름하는 것은 아무것도 아니죠. 하하."

2주 만에 개소식이 열렸다.

겉에서는 누가 봐도 사찰이라고 짐작할 수는 없는 건물이다. 이끼가 낀 허름한 외벽에 녹슬어가는 십자가가 예전에 교회였다는 것을 알려 줄 뿐이었다.

출입구부터는 색달랐다. 두 개의 여닫이문인데 고정문에는 준호의 법명을 딴 [동진사]라는 사찰 이름이 금색으로 선팅되어 있고 출입문에는 몇 장의 탱화로 채워졌다. 내부에 들어서면 이름을 알 수 없는 금빛 불상들과 역시 알 수 없는 색색의 탱화가 제단 옆에 그려져 있다. 의미는 몰라도 누구라도 금방 법당임을 알 수 있다.

공식적인 초대는 하지 않았기 때문에 북적거리지는 않았다. 준호와 평소 왕래가 많았던 스님 세 명, 준표와 그 성당의 신자 세 명, 홍도야 목사와 두 명의 신자들이 왔다. 선희와 아름이, 기석이도 당연히 참석했다.

사회자로 나선 준표가 이 사찰을 만들게 된 사정을 설명하는 것으로부터 개소식은 진행되었다. 일종의 경과보고인 셈이다. 홍도야 목사의 축사가 끝나자, 준표가 준호를 지목하면서 그간의 소회를 부탁했다.

"동진이라는 법명을 가진 김준호입니다. 그간의 사정을 낱낱이 말씀드리기는 그렇고 최근에 있었던 일과 여기에 사찰을 두게 된 사정을 중심으로 말씀드리겠습니다. 아시는 분도 계시겠지만 지난봄 동생인 요셉 신부님의 출판기념회가 열렸습니다. 그런데 행사장 뒷자리에 앉은 하객 중에서 내 첫사랑이던 이선희가 있었습니다. 45년 만인데도 한눈에 알아볼 수 있었습니다. 그리고 한 번도 본 적 없는 딸 아름이에게서 나는 눈을 뗄 수가 없었습니다. 가슴이 뛰었습니다. 그래서 뒤풀이도 생략하고 도망쳤습니다. 혹시 수행 정진에 방해가 될 것 같다는 생각이 들었기 때문입니다.

하지만 인연은 인위적으로 어떻게 할 수 있는 것이 아니더군요. 동생과 마련한 특강에 어떻게 알고 아름이의 아들인 기석이까지 셋이 빠지지 않고 참석했습니다. 저는 셋과 마주치지 않기 위해 수강생들의 질문을 받지 않고 매번 뒷문으로 빠져나가곤 했습니다. 이후 저는 강연이 있는 날만 서울에 머물렀고 전국의 아는 사찰들을 찾아 백배, 천배를 하며 마음을 다스리려 했습니다. 제가 마지막 강연에 참석하지 못한 것은 전날, 대전에서 삼천배를 마친 다음에 어가라는 스님들의 만류를 뿌리치고 상경하다 쓰러졌기 때문이었습니다. 여러분! 가족사만 이야기할 것 같은데 괜찮겠어요?"

"네."

"예, 오늘 작정을 하고 일어섰으니 좀 더 이어가겠습니다. 성모병원에서 2주 입원 후 물리치료 겸 요양을 위해 성모한의원에서 다시 2주를 보내고 선희의 집에 도착했습니다. 그런데 저는 성모병원에 입원한 날부터 며칠 전까지 한 달하고도 보름이 넘도록 선희는 물론 아름이하고도 한마디 대화를 나누지 않았습니다. 이유는 마음을 정리할 수 없었기 때문입니다. 느닷없이 없어진 줄 알았던 집착이 살아나 저를 오락가락하게 했다는 것이지요. 즉, 40년이 넘도록 정진한 수행을 처자식 만났다고 팽개칠 수는 없다는 것, 그렇다고 외면하는 것이 능사는 아니라는 생각이 교차했습니다. 저는 정신을 차려 세속의 모든 인연은 헛되다는 결론을 내렸습니다. 대화를 나누다 보면 속세의 정에 흔들릴 것 같아 일부러 말을 안 했던 것이지요. 그리고 혼자 걸을 수 있는 날만 기다렸습니다. 계속해도 되겠어요?"

"네, 점점 궁금해져요."

"네, 지난달이었습니다. 몸이 좀 나아져 떠나려고 마음의 준비를 하고 있던 차에 동생인 준표, 아니 요셉 신부님이 찾아오셨습니다. 그리고 상당히 화가 난 얼굴로 이렇게 말했습니다. 형님, 40년 수행한 것은 귀중하고 45년 마음 한구석에 형님을 품고 사는 형수님과 45년을 아버지 얼굴 한번 못 보고 애태우는 아름이는 귀하지 않나요? 제가 불자는 아니지만 형님은 돈이나 명예 등의 집착은 내려놓았는지는 모르겠으나 형님 자신을 위한 집착은 40년이 넘는 수행에도 버리지 못하신 것 같아요. 수행에 방해가 될까 봐 형님 때문에 애태우는 사람을 피해 다니는 것이 수행입니까? 불교에서 말하는 자비는 어디에 두고 다니시는지요? 아름이는 모르더라도 형수님을 위해 불공 한 번이라도 드려 보았어요? 이 말에 저는 가슴이 무너졌습니다. 솔직히 저는 이제까지 누구를 위해 기도해 본 적이 없습니다. 요셉 신부는 무너진 제 가슴에 바위 하나를 더 얹었습니다. 부모님을 위해 불공 한번 드려보았느냐고요. 자기는 매년 5월이면 부모님과 5월 영령들을 위해 미사를 봉헌한다고 했습니다. 저는 할 말을 잃었습니다. 사실 저희 부모님은 저 때문에 행방불명되셨거든요. 제가 피신하지 않고 잡혀갔더라면 부모님이 끌려갈 일이 없었을 테니까요. 그 말을 듣고 비로소 반성하기 시작했습니다. 제가 40년을 넘게 해오던 수행이 누구를 위한 것이었을까. 계율을 지키려고만 했을 뿐 부처의 가르침과 실천은 남의 일이었습니다. 깨달음을 얻기 위해 전국 팔도를 돌아다녔는데, 지금 생각하면 참나가 아닌 껍데기만 찾으러 다닌 것이었지요. 세상이 헛되다며 회피하고 살았으나 숨어 산다고 깨달음이 기다리는 것은 아니었습니다. 저는 여러 생각이 머리를 맴돌았지만, 결국 요셉 신부님과 선희와 아름이의 뜻에 따르기로 했고 그래서 오늘 이 자리가 만들어졌습니다. 앞으로는 세상 속에서 깨달음을 찾고자 합니다. 지루한 얘기 끝까지 들어주셔서 감사합니다."

준호의 말이 끝나자 모두 큰 박수로 격려했다. 이어 홍도야 목사가 의견을 냈다.

"스님, 법당도 넓고 저기 한쪽에 의자도 많이 쌓였는데 한 달에 한 번씩이라도 특강을 하시죠. 저도 꼭 참석하겠습니다."
"허허, 목사님, 좋은 생각입니다만, 몸부터 좀 추스르고 생각해 보겠습니다."

법당 뒤에는 주방이 있는데 지난번 인테리어 공사 때 부탁해 싱크대부터 모두 새것으로 교체했다. 그리고 선희와 아름이는 매일 번갈아 가며 준호의 밥상을 차렸다. 그리고 오랜만에 셋이 점심을 함께했다.

"아름이 아버지, 이제 체했던 가슴이 뻥 뚫린 것 같아요."

"다행이구나."

"아버지, 이제 여기서 떠나지 않으실 거죠?"

"그래, 산속에 처박혀 산다고 깨달음을 얻는 건 아니더라. 이제 세상에 적응하면서 수행을 이어가야겠다는 생각이다."

"잘 생각하셨어요. 저희가 매일 들르기는 하지만 집에도 한 번씩 들르세요. 시장에 들러 좋아하는 반찬거리도 고르시고요."

"아버지, 그러세요. 삼촌 시간 맞춰서 저녁도 함께하시고요."

"지금도 풍족하다마는 도심에 절간을 차렸으니 세상 구경도 좀 해봐야겠구나."

"아름이 아버지, 정말 고마워요. 수행에 방해가 되지 않도록 노력할게요."

"아버지, 이제 엄마랑 저는 소원을 풀었어요. 너무 감사합니다."

시간이 없다는 준표와 하객까지 모두 보내고 늦은 저녁을 먹으면서도 넷의 수다는 길게 이어졌다.

"아름아, 너와 너의 엄마, 기석이 그리고 삼촌이 곧 부처구나."

"아버지, 삼촌은 신부님인데 부처라고 하면 어떡해요?"

"세상에 부처님 아닌 것이 없고 또한 하느님 안 계신 곳도 없단다."

"네?"

"너희가 하느님의 자녀라면 나도 그분의 자녀다. 너희가 진심으로 나를 사랑으로 대접해 주니 이것이 예수님의 핵심 가르침이 아니겠느냐?"

"아버지, 그만요. 여기는 강연장이 아니잖아요. 호호."

"허허, 그래 내가 습관이 돼서 이러는구나. 이해해라."

"할아버지, 저는 참 재밌어요. 제가 자주 들르겠습니다."

"허허, 그래, 언제라도 들러라."

선희와 아름이, 기석이를 보내고 난 준호는 하늘을 쳐다보며 읊조렸다.

'저 별은 어제도 오늘도 자리를 옮기지 않고도 제자

리에서 반짝이는구나. 지난 45년을 산 넘고 물을 건넜지만, 번뇌는 나를 놓아주지 않았다. 이제부터는 떠돌지 않고 여기에 남아 선희와 아름이의 가슴에 맺힌 멍을 풀어주는 것이 곧 수행이로다.' 준호는 한 번 더 하늘을 쳐다보고 침실로 들어갔다.

10   환영의 끝은 어디인가

 선희는 아름이가 집 안 청소를 마친 다음 빨래를 널고 점심을 준비할 때까지도 일어날 기미도 보이지 않고 잠꼬대를 계속한다. 엊저녁에 무슨 일이 있었는지 모르나, 항상 일찍 일어나 아름이를 맞이하던 선희다. 아름이는 선희를 흔들어 깨우며 말했다.

"엄마! 일어나. 무슨 잠꼬대가 이리 심해?"
"응! 너 언제 왔어? 지금 몇 시야?"
"아침 일찍 왔는데 몰랐어? 지금 12시야."
"어! 12시? 깜빡했네. 네 아버지 점심 차려 주러 가야 하는데…. 지금이라도 가야겠다. 우리는 다녀와서 먹자."

"뭐? 아버지라니?"

"동진사에 계신 네 아버지 말이야."

"엄마! 정신 좀 차려. 동진사는 뭐고 아버지는 뭐야?"

"애 좀 봐. 네 아버지 사찰 차리고 너랑 엄마랑 기석이, 그리고 삼촌까지 가서 축하한 거 기억나지 않아? 그리고 너랑 나랑 둘이 매일 들렀잖아."

"엄마! 작년부터 왜 이래? 눈이 오나, 비가 오나 맨날 창밖만 내다보고, 잠들면 잠꼬대로 날을 새고? …엄마! 병원에 다시 한번 가보자. 응?"

선희는 머리를 감쌌다. 이렇게 생생한 것들이 모두 꿈이고 환상이었다는 말인가? 선희는 긴 숨을 내뱉었다. 12.3 계엄으로 몸서리치던 5.18항쟁의 악몽이 되살아났고 선희는 오늘도 그날에 남겨져 있다.

45년 전 계엄군에 쫓기던 준호, 3년을 기다리다 부모님의 눈치에 못 이겨 마음에도 없던 결혼을 해야만 했던 기억, 준호는 소문대로 바다에 빠져 죽었을까, 아니면 아직도 계엄군들에게 쫓기고 있는 것일까?

선희는 지난 12.3 내란 다음 날부터 웃음기가 사라

지고 날씨와 상관없이 베란다 창을 열고 먼 산을 바라보며 속울음을 울었다. 무슨 이유였는지는 모르나 교회의 강권도 있었지만, 때로는 탄핵 반대 집회에 자발적으로 참석하기도 했었다. 계엄군에 쫓겨 행방불명된 준호를 그리워하면서도 내란을 일으킨 내란 우두머리를 응원한다? 매번 이런 광경을 지켜보는 아름이는 고통스럽다. 약을 계속 먹이고 있으나 조금 좋아지는 듯하다가도 악몽을 반복한다.

선희는 외손자 기석이가 연결고리가 되어 작년 초겨울에 해후했던 사람을 여전히 잊을 수가 없다. 이후 틈틈이 만날 수 있었던 사람, 그러나 아무런 통보도 없이 안개처럼 사라진 사람, 쇠약한 몸으로 전국을 돌며 강연하고 이제는 도심에서 떨어지긴 했지만, 사찰을 마련해 매일 찾아볼 수 있었던 그 이름 김준호. 하지만, 이 모든 것이 꿈이고 환상이었다는 아름이와 기석이의 말이 믿어지지 않는다.

"아니야! 아니야! 아니라고!"
"엄마, 엄마, 왜 그래?"

선희는 울부짖었고 주방에 있던 아름이가 급하게 달려왔다.

"엄마, 정신 차려. 왜 그래, 왜 그러냐고?"

일어나 넋을 잃은 듯 앉아 있던 선희는 긴 숨을 내쉬며 다시 꿈이었다는 생각에 어깨가 늘어졌다. 그리고 아름이를 뚫어져라 쳐다보며 말했다.

"…그래, 네 말대로 이제까지 내가 보고 느낀 것이 모두 꿈이고 환영이라 해도 좋아. 하지만 악몽이어도 네 아버지를 만나는 그 꿈을 다시 꾸고 싶다."
"엄마 그 심정 다 이해해. 나도 엄마만큼은 아니겠지만 아버지란 사람, 사진 한 장 없는 아버지, 꿈에서라도 꼭 만나보고 싶어."

아름이는 다시 병원을 찾았다. 작년 겨울부터 열 달째 일주일에 한 번씩 들르니 의사가 옆집 아저씨처럼 느껴질 정도다. 의사의 말은 늘 같았지만, 매번 한마디라도 더 듣고 싶다. 어쩌면 시달리고 있는 자신을 위로해 달라는 걸음인지도 모른다.

"선생님, 벌써 열 달이 넘었는데 언제까지 더 기다려야 할까요? 이런 마음을 가져서는 안 되지만 가끔 요양병원에 모시고 싶다는 생각까지 들어요."
"그 심정 잘 압니다. 하지만 신체 건강하시고 매일 그러시는 것도 아니니 좀 더 지켜보는 것이 좋습니다."
"언제까지요?"
"딱 언제까지라고 단정할 수는 없으나 어머님을 저렇게 만든 상황이 제거되면 서서히 빈도가 낮아지고 안정을 찾을 겁니다."
"상황 제거라니요?"
"어머님께서 12.3 내란 직후 저렇게 되셨다고 했죠?"
"네."
"상황 제거란 내란이 종식되면 스스로 좋아진다는 거죠. 현재 제가 처방해 드리는 약도 다른 데 건강이 좋지 않아서가 아니기 때문에 안정제뿐이라고 전에 말씀

드렸습니다."

"내란 끝나지 않았나요. 이미 대통령이 탄핵당하고 관련자들도 거의 구속되었잖아요."

"그렇다고 종식된 건 아니죠. 지금 특검이 진행 중이지만 우두머리가 그런 적 없다고 잡아떼고 있잖아요. 이러다가는 올 안에 1심이라도 마칠지 모르겠네요."

"그럼 3심까지 가야 내란이 끝난다는 건가요?"

"원칙적으로는 그렇죠. 항소할 게 뻔하기 때문이라서요. 다만 어머님은 1심에서 내란 우두머리와 관련자들에게 유죄가 선고되면 그때부터 확 달라질 수도 있어요."

아름이는 매번 같은 약이지만 의사의 처방을 받아 약을 타서 들고 돌아왔다.

선희는 누워있다가 아름이를 보고 일어나 앉아 말했다.

"아름아, 하루이틀도 아니고 정말 미안하다. 나 때문에 네 신랑 제대로 챙겨주지도 못할 거고, 기석이 팔은 좀 좋아졌니?"

"어? 엄마! 이제 기억이 완전히 돌아온 것 같네?"

아름이는 눈물을 흘리며 엄마 선희를 꼭 껴안았다. 의사 말로는 내란 종식되면 회복될 것이라 했는데 의외로 빨라 가슴이 벅찼다. 누구에게 감사해야 할지 모를 부푼 가슴으로 조금 전 타온 약을 선희에게 복용시키기 위해 물을 가지러 주방으로 향했다.

그때 창밖에서 거실을 들여다보는 그림자 하나가 있었다. 선희는 그 그림자의 정체를 바로 알아챘다. 45년을 잊지 못하던 그 눈빛이다. 그림자이지만 눈은 선명했다. 그런데 얼굴은 왜 피범벅일까?

선희가 급히 일어나 창문을 열고 반기려는 순간 초롱초롱하던 눈빛의 그림자는 소리 없이 사라지고 무장 헬기가 근처 학교 운동장에 착륙한다. 이어 45년 전 집으로 들이닥쳤던 공수특전단의 군홧발 소리가 창문을 향해 다가오고 있다.

에필로그

 이 소설은 지난해 가을, 두 번째 장편소설 『오사리잡놈』을 출간한 직후 초안을 잡았던 작품입니다.
 원래 주제는 오랜 세월 떨어져 지냈던 연인 간의 극적인 상봉을 중·장편 분량으로 담아낼 계획이었습니다. 그러나 12.3 내란은 제 머릿속까지 뒤흔들었습니다. 결국 초벌 원고를 폐기하고 새로운 방향으로 이야기를 다시 엮게 되었습니다.
 당초 재회의 주인공으로 구상했던 선희와 준호는 여전히 등장하지만, 이제 그들의 만남은 극적인 재회가 아닌 과거의 기억과 악몽, 현실과 환상이 교차하는 경계에 두었습니다. 다시 말하면 12.3 내란으로 과거의 상처가 되살아나 정신적으로 고통을 받는 한 여인의 삶을 그려 봤습니다. 1, 2부로 나눴으나 모두 선희의 환각이 만들어 낸 현상입니다.

덧붙이자면, 작품 곳곳에 언급한 44년 혹은 45년이라는 시간은 제가 누군가를 그리워했던 세월이기도 합니다. 그리고 제가 종교인은 아니지만, 준호의 삶에는 제 삶과 겹치는 그림자가 일부 있습니다. 따라서 이 글을 쓰는 과정은 한 번 더 저를 씻어내는 일이기도 했습니다. 읽어주셔서 감사합니다.